狂皇子の愛玩花嫁
～兄妹の薔薇舘～

Aira Tsukimori
月森あいら

Honey Novel

Illustration

うさ銀太郎

CONTENTS

プロローグ　皇女の運命

緩やかに波打ったリュシエンヌの銀色の髪が、さらさらと揺れる。

肌に、心地《ここち》のよい風が吹いている。リュシエンヌはその爽《さわ》やかな空気を胸いっぱいに吸い込み、大きく息をついた。座り込んだ下草は柔らかく、自然に口もとが緩んでしまう。

「いい気持ち」

そっと、小さく声に出してみた。大きな声を出して、せっかく巻いてきた衛兵たちに気づかれてはならない。城の中でも外でも、召使いや兵たちの目から逃れられることなどない立場のリュシエンヌだ。皇女の身分を持つ者なら仕方がないことではあるけれど、それでもときにはこのような広い草原で、自分を解放してみたい。

「お兄さまは、どこにいらっしゃったのかしら」

リュシエンヌは、ひとりきりではなかった。しかし母の違う兄は家庭教師や召使い頭《がしら》のように口うるさいことを言わないし、リュシエンヌが花輪を編むための花を率先して摘《つ》みに行ってくれもする。こうやってさりげなくリュシエンヌに自由を味わわせてくれる。

「お兄さま……？」

自分で摘んだ花は、すべて編み終わってしまった。兄は抱えきれないほどの花を摘んできてくれると言ったから時間がかかっているのだろうか。しかしあまりに兄の戻りが遅いと、衛兵たちに見つかってしまう。自由な時間が終わってしまう。

「早く……お戻りに……」

リュシエンヌは、虚《むな》しい独り言を繰り返した。さわり、と風がリュシエンヌの髪をなびかせる。先ほどまでは心地よいと思っていた空気が、少し冷たくなったかのように感じた。それは兄がなかなか戻ってこない不安ゆえか。

十六歳にもなって兄がいないからといって不安になるなど子供っぽいとは思うものの、リュシエンヌはひとりになることがない。召使いや衛兵、誰の目もない自由は味わい深いものだけれど、長い時間続くとやはり不安だ。

リュシエンヌは八人きょうだいの末っ子だ。三男である兄とは十以上歳《とし》が離れているけれど、彼ともっとも仲がよかった。もちろん、ほかの兄や姉もリュシエンヌをかわいがってくれ、甘やかされてリュシエンヌは育った。

「お兄さま……」

ざざざざ、と急に強い風が吹いた。風はリュシエンヌの髪を、ドレスの袖《そで》を揺らす。飛ばされてしまうのではないかと思ったほどに強い風はすぐにやみ、リュシエンヌは髪を押さえてほっと息をついた。

「あ」

気づけば、手の中にはなにもなかった。せっかく半分以上を編んだ花輪は、風に攫《さら》われて飛んでいってしまったようだ。

リュシエンヌは、ため息をついた。

(お兄さまの頭に載せて差しあげようと思っていたのに)

花輪は、赤に白、黄色に青と鮮やかだった。自分でもうまく編めたと自負していたのに、なくなってしまった。リュシエンヌはしばらく呆然《ぼうぜん》とし、そしてまた深くため息をついた。

「まぁ、仕方がないわ」

あれほどに強い風が持っていってしまったのだから、どうしようもない。それにリュシエンヌも、花輪のひとつやふたつなくなったくらいで嘆くような子供でもない。もっとも、この歳になっても花輪を編んで喜んでいるようでは、まだまだ子供だときょうだいたちに言われるかもしれないけれど。

(お兄さまが、お花を持ってきてくださるわ)

リュシエンヌは、そっとあたりを見まわした。

(そうしたら、また編めばいいだけのこと……)

座ったまま振り返ったリュシエンヌの目に、影が映った。すらりと背の高い、肩幅の広い人影だ。

「お兄さま!」

リュシエンヌは叫んだ。体ごと後ろを向いて、立ちあがった。また風が吹いて、その人影の髪を揺らす。

栗色《くりいろ》の、髪を。

「……誰？」

兄ではない。兄は、リュシエンヌと同じ銀色の髪を持っている。衛兵のひとりでもない。リュシエンヌの警護につく衛兵ならすっかり顔は見覚えているし、栗色の髪の者はひとりもいなかった。

「だ、れ……？」

「リュシエンヌ姫」

低い声で、男は言った。名を呼ばれてびくりと震える。そんなリュシエンヌの腕を、伸びてきた男の手が摑《つか》む。強い力で握られて、リュシエンヌは悲鳴をあげた。

「おとなしくしてください」

男は、目をすがめてそう言った。切れ長の目は黒で、妖《あや》しくぎらりと光ったように見えた。

「おとなしくしていただければ、危害は加えません」

男は、用意してきた言葉を紡《つむ》ぐように言った。

「暴れると……痛い目を見ますよ。わたしは、あなたを傷つけたいわけではない」

「な、んなの……、あなた、は……？」

「あなたに、心奪われた者です」

栗色の髪の男は、静かな口調でそう言った。そしてリュシエンヌとの距離を詰めると、彼女の腰に腕をまわして強い力でいきなり担ぎあげた。

「きゃ……、ぁ、あ……っ……!」

男の腕に拘束されたまま、彼の肩に荷物のように乗せられた。リュシエンヌは四肢を暴れさせるものの、男にはリュシエンヌの抵抗などものの数でもないらしい。

「やめて! 下ろして!」

必死に拘束から逃れようと、男の背に手を食い込ませる。そのまま飛び下りようと試みたのだけれど、男のもうひとつの手がリュシエンヌをとらえる。ぎゅっと力を込められて、身動きすらままならない。

「やめて、やめ……!」

そうやってリュシエンヌを抱きかかえたまま、男は走りだした。座っていた場所が、あっという間に遠くなる。遠くになびく銀髪が見え、リュシエンヌは大声をあげた。

「お兄さま、お兄さま!」

その声に、男の歩は早くなった。兄らしき人影は追ってはきているものの、いかんせん距離がある。リュシエンヌを抱えた男は力強い足取りで草原を駆け、ここからでは兄らしき人影がなにを叫んでいるのかもわからない。

「お兄さま、助けて！　お兄さま……」

男は、しっかりとリュシエンヌを腕にしたまま走る。男の動きに体が揺さぶられ、吐き気を覚えた。その状態では大きな声を出すこともできず、ただ精いっぱいのか細い声を張りあげるばかりだ。

「おにい、さま……！」

リュシエンヌと兄の距離は、どんどんと離れていく。やがて姿も見えなくなり、リュシエンヌは男の肩に抱えられたまま、抵抗することもできずに見慣れた草原から連れ去られてしまう。

「お兄さま、お兄さま……！」

男はリュシエンヌを馬上に乗せた。素早く自分も鞍《くら》に乗ると手綱《たづな》を引いて、駆ける。やがて薄暗い森の中に入り、視覚がほとんど利かなくなった。どことも知れぬ場所を、誰とも知らぬ男に連れ去られ、不規則に上下する振動を与えられて、リュシエンヌの不安は頂点に達する。

「お、にい……さ、ま……」

呼んでも届くことのない声は、やがて掠《かす》れていく。激しく体を揺らされて、意識さえもが朦朧《もうろう》としていった。

「お……、に……、さ、ま……」

掠れた声で、リュシエンヌはつぶやく。やがて意識はふつりと途切れ、リュシエンヌの目の前は真っ白になった。

第一章　純潔を奪われて

ふっと目を開けると、あたりは一面の暗がりだった。何度もまばたきをして、目を慣らそうとする。どうやらここがどこかの舘《やしき》の中で、自分はその中のベッドに寝かされているのだということがわかってきた。

「な、んなの……？」

リュシエンヌは、がばりと起きあがる。まわりを見まわしてもここはまったく知らない場所で、自分がなぜこのような場所にいるのかもわからない。

「どこ……なの……、ここ、は……」

暗い屋内に、自分の声が響く。その不気味さにぞっとして、リュシエンヌは大きく震えた。そうでなくても、リュシエンヌは恐がり屋なのだ。自分自身を抱きしめる。すると恐怖がいや増して感じられて、リュシエンヌの体は何度も何度もわなないた。

「誰か……！」

独りぼっち、まだ草の匂《にお》いのするドレスをまとったまま、ベッドに座り込んでいる。いったいこれは、どういう状況なのだろう。自分はどこに連れてこられたのか。そしてこれから、どうなるのか――。

「誰か、誰か！」

自分の置かれた場所がどこかわからない状況は、リュシエンヌを真《ま》っ暗闇《くらやみ》の中にいるかのような恐怖に陥れた。リュシエンヌは叫ぶ。しかし部屋の中、自分の声が跳ね返ってきてよけいに不気味に聞こえ、それはますますリュシエンヌを脅《おび》えさせただけだった。

「誰かいないの……誰か」

それに誰が応《こた》えてくれるのか。あの、栗色の髪の男だったらどうしよう——リュシエンヌはぞくりと震えた。彼はいったい、なにを目的にリュシエンヌを攫ったのだろう。心奪われた者だと言っていたけれど、リュシエンヌはあの男に見覚えがない。どこかの舞踏会かなにかで見初《みそ》められたのだろうか。

しかしこのような大胆な手に及ぶとは——一国の皇女を攫うなど、死罪に値する。それを知らないとは思えないのに、それでもなお実行したということは、外国人なのだろうか。しかし言葉は流暢《りゅうちょう》だった。

(あれは、いったい何者なの)

目が、だんだんと暗闇に慣れてくる。ここは最初気がついたとおり誰かの所有する別荘かなにかららしい。気づけばほのかに新鮮な木材の香りもして、建てられたばかりのものだと思われた。

(わたしを、どうするつもりなの……？)

このまま、この舘に閉じ込めておく気なのだろうか。まさか、水も食料も与えられないということはないだろうけれど——そのようなこと、わからない。危険を冒してまでリュシエンヌを攫った男なのだ。なにをしてもおかしくはない。

(ずっと……ここに閉じ込めて。あの男の……慰み者に?)

その考えは、リュシエンヌを心の底からぞっとさせた。慰み者、という言葉がどういう意味を持つのかはよくわかっていなかったけれど、少なくとも女性にとってあまりにも屈辱的なことであることは知っている。宮中の噂《うわさばなし》話は、それほどしょっちゅう耳に伝わってくるものなのだ。

(いや……、そ、んな……の……)

ぶるり、とリュシエンヌは大きく震えて、自らを守るように抱きしめた。まとっている衣装を見る限り、無体なことはされていないらしい。それだけにはほっとしたけれど、しかしリュシエンヌの危機が去ったわけではない。

(わたし……いったい、どうなるの……?)

小屋の中は、暖かかった。差し込む陽《ひ》もないということは攫われてからずいぶん時間が経《た》ったのだろうけれど、暖かいのはかたわらの暖炉に火が熾《おこ》されているからだ。花盛りの季節だが、夜は冷えることも多い。ぱちぱちという音はリュシエンヌに少しばかりの安堵《あんど》を与えてくれたけれど、しかしそれがなんの救いになるわけでもない。

（ここはどこで……あの男は、誰で。わたしはいったい……）

迫りくる恐怖を、暖炉の火は慰めてくれなかった。しかし少なくとも凍えずには済む。火を入れてくれたのはあの男かもしれない。だとすれば、無体な扱いを受けるわけではないのだろうということが、ほんの少しだけリュシエンヌを安堵させた。

（お兄さま……）

栗色の髪の男に抱きあげられたとき、わずかに見えた兄の姿。彼は、どれほど心配しているだろうか。行方《ゆくえ》不明になった皇女の捜索に、軍が出ているかもしれない。それならすぐに見つけてもらえるだろうけれど、しかしここが国外である可能性もあるのだ。隣国との関係は切迫していて、皇女を捜すという名目でもそうたやすくは入国できないはずだ。

（わたしは、ここ……ここにいるの。見つけて、お兄さま……！）

胸のうちでリュシエンヌが叫んだとき、がたりと音がした。リュシエンヌはびくりと大きく震える。はっと音のしたほうを見ると、人影があった。肩幅の広い、男の姿だ。その姿に、リュシエンヌはどきりとした。暖炉の火だけでは暗くてよくわからないけれど、自分を連れ去った男のように見えたからだ。

「姫」

男は言った。その声にも、覚えがある。同時に食欲をそそるいい香りがしたが、しかしリュシエンヌはそれどころではない。胸の鼓動が激しくなる。指先までが震えてくる。歯の根が合わない。

「お目覚めになりましたか」

「ここは……、どこ」

緊張に掠れた声で、リュシエンヌは尋ねた。

「あなたは、……誰なの」

「私は、シャイエと申します」

淡々とした口調で、彼はそう名乗った。その口調がなおもリュシエンヌに恐怖を与えて、体の震えが強くなる。

「お腹《なか》がお空《す》きでしょう。食事を持ってまいりましたので、どうぞお召しあがりください」

「ここは、どこ……？」

シャイエの言葉を聞くどころではない。リュシエンヌはわななく声で言った。きちんと言葉になっていなかったかもしれない。

「あなたがわたしを……、ここに、連れてきたのね」

「お腹がお空きではありませんか？　寒くは？　暖炉はありますが、なにしろ夏のための館なもので、姫にはふさわしくない場所で」

「わたしの質問に答えて！」

恐怖に、うまく声が出ない。リュシエンヌは裏返った声でわめいた。

「ここはどこなの……あなたは。いったい何者なの！」

シャイエは、黒い瞳をすっと細めた。リュシエンヌの座っているベッドのかたわらに美味《おい》しそうな匂いのする碗《わん》を置く。そしてベッドの脇にひざまずき、じっとリュシエンヌを見あげた。リュシエンヌは小さく声をあげ、男との距離を取ろうとする。

「あなたに心奪われた者と、申しあげました」

「そんな、理由……！」

再びわめきそうになって、しかし咽喉《のど》が震えて大きな声があげられない。シャイエに抱えられ、馬に乗せられて長い距離を移動し、気絶までしたのだ。こうやってベッドの上に座っているだけでも体力を使うのに、大きな声をあげるのは今のリュシエンヌには無理があった。

「わたしは、あなたのことなんて少しも知らないわ……」

「私は、存じております。あなたのことなら、なんでも」

そんなシャイエの言葉に、リュシエンヌは背筋がぞっとした。そう、国の皇女として、知らぬ者が自分のことを知っているということは大いにある。しかしシャイエの口調はもっと深いところまで、リュシエンヌ自身も知らないようなことまで知っているように聞こえて、身震いを抑えられなかった。

「リュシエンヌ姫……その歌には、力がある。小鳥でさえ自分でうたうことを忘れて聴き惚《ほ》れる。私は、その歌に惚れ込んだ……あなたに、とらえられた」

うたうことは、好きだ。歌声を褒められることもあるけれど、このような男に歌声を聴かせたことはなかったはずだ。

床に膝《ひざ》をついたシャイエは、そっと腕を伸ばし、リュシエンヌの手を取った。びくり、と恐怖に大きく反応するリュシエンヌの手を離さず、柔らかく唇を押しつけてくる。

「あ、っ、……」

挨拶《あいさつ》としてのキスなら、何度も受けてきた。シャイエのキスは礼儀正しく、リュシエンヌを尊重しているのがわかる。いきなり現れ乱暴な方法で攫ってきた男だけれど、リュシエンヌに心を奪われているというのは本当だということがはっきりと伝わってきた。

「私は、あなたに焦がれる憐《あわ》れな小さな生きものです」

掠れた声で、シャイエは言う。

「あなたがほしくて、たまらない。神は、私の願いを叶《かな》えてくれたらしい。あなたがひとりきりで、花輪を編んでいるのを見たとき……これは、僥倖《ぎょうこう》だと思いました、神が私に与えてくれた好機なのだと」

はっ、とシャイエは苦しげな吐息を洩らした。その言葉に少しだけ恐怖が薄れたような気がするけれど、それでも歯の根が合わないほどの震えは止まらない。

「気づけば私はあなたをこの腕に……改めて、神に祈りました。あなたの姿が、誰の目にも触れないようにと。誰にも気づかれずに、あなたをここにまで連れてこられるようにと」

「ここは……、ど、こ？」

改めて、リュシエンヌは尋ねた。シャイエはじっとリュシエンヌを見て、そしてつぶやく。

「私の領地の、夏のための館です。本来なら、姫ぎみをお連れするような場所ではないのですが……」

シャイエはリュシエンヌから視線を逸《そ》らせ、悔やむような表情を見せた。

「まだ、夏の狩りには早い時期。使う者はおりません」

「火を熾してくれたのは、あなた？」

なにも言わず、シャイエはリュシエンヌの手を離した。そしてかたわらに置いた碗を取ると、リュシエンヌに手渡してきた。

「今はこのようなものしかございませんが、少しでもお腹の足しになれば」

「いら、ないわ……」

「そうおっしゃらずに。あなたに危害を加えるつもりはございません」

毒が入っているかもしれない。そんな想像がちらりと脳裏を過《よぎ》ったけれど、それを肯定する気にはならなかった。毒殺するくらいなら、もうとうに殺されているだろう。全身を貫く恐怖はどうしようもないけれど、今こうして怪我《けが》のひとつもなく生きているということは、少なくともシャイエはリュシエンヌを殺すつもりはないということだ。

そう思うとほんの少し、ふっと心が柔らかくなった。リュシエンヌは、そもそも刺々《とげとげ》しいもの言いなどは苦手なのだ。本来の素直な性格のまま、そっとシャイエに礼を述べた。

「……ありがとう」

碗は温かく、中には匙《さじ》が添えてある。野菜を煮込んだシチューのようだ。震える手で匙を手にする。毎日の食事に比べると楚々《そそ》たるものだけれど、今のリュシエンヌにはなによりのご馳走《ちそう》に感じられた。

「お召しあがりください」

ええ、とうなずいて、震える手で握った匙でひと口を口にする。それは思いのほか美味で、リュシエンヌは目をみはった。現金なもので、美味はわななく全身を少し落ち着かせてくれる。

「これ……誰が作ったの？」

「私です。僭越《せんえつ》ながら」

リュシエンヌは、ますます目を見開いた。シャイエがどういう身分の男かはわからないけれど、厨房《ちゅうぼう》の下働きには見えない。そんな彼が、これほどに美味な食事を作ることができるのだ。そのことに驚いてシャイエをまじまじと見ると、彼は肩をすくめて恥ずかしそうに笑った。

「料理が、趣味なんです」

まるで恥でも晒《さら》すように、小さな声でシャイエは言った。

「わたしが作ったものを、人が喜んで食べてくれるのを見るのが嬉《うれ》しいのです。まさか」

そこでシャイエは言葉を切った。

「リュシエンヌ姫に食べていただける日が来るとは思ってもいませんでしたが」

リュシエンヌにとって食事は食べるもので、作るものではなかった。しかもそれを趣味にしている人物がいるなどとは、想像したこともなかった。

「あなたが……作るの？」

「はい」

「どうやって？」

「それは……ひと言では説明しかねます」

今度は、シャイエは困った顔をする。その表情がおかしくて、リュシエンヌはくすくすと笑った。いつの間にか、両手が強《こわ》ばるほどの恐怖がほぐれている。そもそもリュシエンヌは笑い上戸で、なにごともおかしくとらえる性質なのだ。

「ああ、笑ってくださった」

シャイエは、満面の笑みとともにそう言った。

「初めてリュシエンヌ姫を拝見したときも、そうやって笑っていらっしゃった。まるで、うつくしい花が開くように。その花の鮮やかさと、醸し出す香りと、蜜《みつ》の甘さに私は惹《ひ》かれ……」

言葉を切ると、シャイエはじっとリュシエンヌを見つめてくる。その黒のまなざしに、再び恐怖が蘇《よみがえ》った。同時に、彼の顔から目が離せない。この男は自分を攫って、このような場所に連れてきた悪漢なのに。皇女を攫うなど、国に対する叛逆《はんぎゃく》も同然。それなのに、そのまなざしに胸を動かされるなんて。

その瞳の真摯《しんし》な色が、そうさせるのだろうか。悪漢とはとても思えない澄んだ色が、リュシエンヌを貫いているからだろうか。取った方法は感心できるものではないけれど、リュシエンヌを見初め、惚れ込んだというのは事実なのだろう。

「愛しています、リュシエンヌさま」

彼の顔から、笑顔が消えた。代わりに浮かんだのは、目を奪われる、真剣な色だ。それに胸を掴まれる。あれほど大きかった恐怖は薄れて、震えはだいぶましになっている。

まるでその視線で包み込むようにシャイエはリュシエンヌを見つめ、リュシエンヌの胸の鼓動は恐怖ではなく、落ち着かなく騒ぎだす。

「初めてお姿を見たときから、ずっとお慕いしておりました。昼はあなたの姿が目の前をよぎり、夜はあなたの夢を見……あなたのことが、心から離れません」

どく、どくと、心臓が鳴った。兄を待ちながら花輪を編んでいたときは、攫われてただ恐ろしいとしか思わなかったのに。今のリュシエンヌには、シャイエの言葉が身に沁《し》みる。彼の言葉を、嬉しいと感じてしまう。

「初めてって……、いつのこと、かしら」

「リュシエンヌ姫の、お誕生日の晩餐《ばんさん》のおりです」

シャイエは、迷わずにそう答えた。

「リュシエンヌ姫が、十六歳になられるというので招待状が……そのとき初めてお姿を拝見し、ひと目で虜《とりこ》になりました」

誕生日の晩餐会に招かれた客をすべて覚えてはいなかったけれど、シャイエのような者もいたかもしれない。晩餐会に招待されるということは、シャイエはそれなりの身分の人物なのだ。

「あなたは……貴族ね」

リュシエンヌは、まだ微《かす》かに震える声で言った。

「貴族ともあろうかたが、人攫いをするの？　このような場所に連れてきて……いったいどういうつもりなの」

「それを言われると、痛いところなのですが」

苦笑いとともにシャイエは言った。

「衝動に駆られて……とでも申しましょうか。夢の中に現れる姫が、目の前にいる……恋い焦がれてやまない存在が、花と戯《たわむ》れていらっしゃる。その光景を目に、我慢できなくなった……耐えがたく、夢中で、気づけばあなたを攫っていた」

「この一帯の国々は、水源を争って敵対しているわ。あなたがどの国の貴族かは知らないけれど、でもあなたのその軽率な行為が、下手をすれば戦争にも発展しかねないこと……想像できないわけではないでしょう？」

花と戯れるばかりがリュシエンヌの姿ではない。きちんと国際情勢も学んでいることを知らしめたくて、リュシエンヌは澄ましてそう言った。

「それも、また痛いところです」

困惑した表情で、シャイエは答えた。

「そういうことは、まったく考えておりませんでした。あの瞬間は、あなたのことしか頭になくて……ただ、憧《あこが》れ続けた存在が目の前にいる。そのことしか目に入らずに、気づけば手を伸ばしておりました」

「仕方のない人ね」

ふっ、とリュシエンヌはため息をついた。それでも悪い気はしないと思うのは、間違ったことだろうか。

「それほど……わたしを、求めてくれていたというの？」

「寝ても覚めても、あなたのことしか考えられないくらいに」

ふたりの視線がかち合った。シャイエはひざまずいたまま、じっとリュシエンヌを見あげている。その視線がくすぐったくて、リュシエンヌは目を逸らせた。

シャイエがリュシエンヌのまなざしを追ってきているのがわかる。それがますます羞恥《しゅうち》を誘い、リュシエンヌはベッドの上で体を捩《よじ》らせた。

「逃げないで」

せつなく響く声で、シャイエが言った。

「私から、逃げないで……今のあなたは、私だけのものだ」

「あ、っ……」

シャイエは立ちあがり、ベッドの上に座っているリュシエンヌの手から碗を取ると、かたわらに置く。そして押し倒した。柔らかいベッドに体を受け止められ、リュシエンヌは息をついた。

見あげると、シャイエがじっとリュシエンヌを見つめている。先ほどまでの紳士的な表情ではない、まるで獲物をつかまえた肉食獣のような顔つきをしていた。ぶるり、とリュシエンヌは震える。先ほどまでの恐怖が、蘇ってきた。

「や……、シャイエ……」

「あなたの国では、女性は夫以外に肌に触れさせてはいけないのでしたよね」

全身に走る恐怖の中、ドレスの上から肩を撫《な》でられる。リュシエンヌはびくんと大きく震え、口もとが小刻みにわななき始めた。それを押さえ込むように、シャイエがのしかかってくる。

「私は、あなたの夫になりたい……夫として、認められたい」

「そ、んな……、こと……」

ゆっくりと、シャイエの顔が近づいてくる。唇を重ねられ、リュシエンヌはまた新たに震えた。キスなら両親やきょうだいたちと幾度も交わしているのに。この震えは、恐怖ゆえなのか淡い心の動きゆえなのか。

「わ、たしの……一存で、決められることじゃないわ……」

「もちろんです」

そっと唇を重ね、表面だけを擦《こす》り合わせながらシャイエは言った。

「あなたの父ぎみに……陛下に、お許しをいただかなくては。しかし私は……」

「あ、っ！」

シャイエの手が、リュシエンヌの腕を撫であげる。ドレス越しだというのに、奇妙な悪寒が体中を貫く。それがなんなのかわからず、リュシエンヌは甲高い声をあげた。

「あなたを前にして、堪《こら》える自信がない……あなたの、この魅惑的な体……」

「や、ぁ……、っ……！」

「艶《つや》やかな唇……なめらかそうな肌。すべてが、私を魅了する」

「そ、……ん、な……、っ……」

リュシエンヌはたじろいだ。しかし男の四肢にとらえられて、身動きができない。リュシ

エンヌは猛獣につかまった小さな動物のように、ふるふると震えている。

「愛していますす」

その猛獣は、愛の言葉をささやく。その言葉が、リュシエンヌの胸を揺り動かす。どきりと大きく胸が鳴って、見開いた目でシャイエを見つめてしまう。

「乱暴な真似《まね》をしてしまったことは、謝ります。しかし……この私の胸のうちをわかっていただけるでしょうか。あなたを求めて、どうしようもないこの胸の高鳴りを……」

シャイエは手を伸ばし、リュシエンヌの右手を摑んだ。それを自分の左胸に置く。

「……あ、……」

どく、どく、と激しい心臓の鼓動が伝わってくる。それにつられたように、リュシエンヌの胸もより高まり始める。大きく見開いた目に映るのは、黒く輝くシャイエの瞳。欲を孕《はら》んだ男がこのような顔をするのをリュシエンヌは見たことがなかったし、想像したこともなかった。

「や、ぁ……、っ……」

リュシエンヌは手を引っ込めようとするけれど、しかしシャイエの手の力が強かった。シャイエはそのままリュシエンヌの腕をベッドに押さえつけ、もう片方の手首も拘束してしまう。身動きができないことに、リュシエンヌは大きく目を見開いた。恐怖に呼気が荒くなる。

「そんな、脅えた顔をしないで」

低い声で、シャイエはささやく。

「あなたの、あのかわいらしい顔を見せてください。穏やかに微笑《ほほえ》んでいる……私の心を摑んだ、あの顔を」

「そ、んな……、っ……」

リュシエンヌにとっては初対面の男だ。いくら愛しているとささやかれても、言いなりになるわけにはいかない。

「はな、して……！」

声をあげたリュシエンヌは、震える手でシャイエを押しのけようとした。しかし力の違いはあきらかで、リュシエンヌはシャイエから逃げることができない。押さえつけられていることに背筋を走るおののきがあって、リュシエンヌは憐れな生きもののような声を洩らした。

「いいえ」

シャイエは、決意した男の顔で言った。

「離しません……、あなたと、こうやって過ごすことのできる時間を……どうして手放すことができましょう」

「やぁ、あ……、ああ！」

彼の唇が近づいてくる。触れてくるだけのくちづけをされて、リュシエンヌは大きく胸を跳ねさせた。シャイエは、その柔らかさを愉《たの》しむように重ね、離してはまた重ね、やがてちゆく、ちゅくと淫《みだ》らな音があがり始める。

「いや……、っ、……、っ！」

反射的にリュシエンヌは口を開け、歯を立てた。がりっと肉を噛《か》む感覚があって、血の味が滲《にじ》む。

「……あ」

シャイエの唇を噛んだのだ。いくら無体をする男でも、噛みつくなどと——リュシエンヌが謝ろうとすると、切れた部分を舐《な》めたシャイエが言った。

「申し訳ありません」

彼の謝罪に、リュシエンヌは驚いた。謝るのは自分のほうなのに。シャイエはリュシエンヌの手首をほどき、体を起こす。彼の体温が遠のいていくのを、不思議な気持ちでリュシエンヌは感じていた。

「無理強いするつもりはなかったのです……ただ、あなたがあまりにも魅惑的で」

「わたしも……、噛む、つもりは」

慌ててリュシエンヌは言った。怪我をさせるつもりなどなかったのだ、本当に。心の底から申し訳ない気持ちになった。

「痛かったでしょうね？　ごめんなさい」

「いいえ、私こそ」

ふたりは目を合わせ、そして同時に小さく噴き出した。

「無体なことをするところでした……私の、大切な姫に」

吐息とともに、シャイエは言った。

「あなたを、そういうふうに扱いたいわけではないのです。……あなたを抱きたい気持ちは、否定しません」

リュシエンヌを腕の中に収めたまま、シャイエはそう言った。その言葉に、リュシエンヌは身を強ばらせた。そんなリュシエンヌに、シャイエは小さく笑う。

「けれど、無理やり……あなたを手込めにするようなことは、いたしません。あなたが、私に抱かれてもいいと思うようになるまで。あなたから私に手を伸ばしてくださるようになるまで……私は、待ちましょう」

「わたしを、帰して……」

喘《あえ》ぐような声で、リュシエンヌは言った。改めて、この男に対する恐怖が蘇ってくる。

「国に、帰して……ここから、出して」

「それはできません」

ふいに、厳しい口調になってシャイエは言った。リュシエンヌは、ひゅっと息を呑《の》む。

「あなたは、私がつかまえた。つかまえて、閉じ込めた小鳥を手放すようなことをすると思いますか？」

先ほど、ふたりで一緒に噴き出したことが嘘《うそ》のようだ。シャイエは頑《かたく》なにそう言って、リュシエンヌの手首をとらえたままじっと見下ろしてくる。リュシエンヌは震えた。また、かちかちと歯が鳴り始める。

「あなたは、私のものだ」

思わず大きく震えてしまうような口調で、シャイエは言った。

「決して離さない……手に入れた、私の小鳥。あなたが、私の想《おも》いを理解してくださるまで……あなたが私の想いに応えてくださるまで。私は、あなたを離しません」

（お兄さま……！）

自分を襲う恐怖以上に、兄のことが気にかかった。ともに衛兵の目を盗み、国境の草原へ遊びに出たのだ。リュシエンヌがこのようなことになって、兄はどのように思っているだろうか。父に、母に、きょうだいたちに、どれほどの叱責《しっせき》を受けていることか。兄の置かれた立場を思うと胸が張り裂けそうだ。

「あなたは、私のものだ……」

シャイエは、再びくちづけをしてくる。そっと唇が触れ合うだけの、優しいキス。労《いたわ》られているようなくちづけに、恐怖が少しずつ溶けていく。酔いそうになる。とろり、と頭の芯《しん》が蕩《とろ》けていく。

しかし彼はリュシエンヌを攫った男なのだ。憎むべき相手なのに、どうしてリュシエンヌは抵抗できないのだろう。敵《かな》うことはないとしても、蹴《け》りあげて拳《こぶし》を振るって——皇女らしからぬ行動だと言われても構わない。どうして力に訴えてでも、シャイエから逃げることができないのだろう。

「愛しています。リュシエンヌ姫……」

これほど情熱的に愛をささやかれたことがないからだろうか。兄はいつも「愛している」と言ってくれるけれど、兄との感情はまた別だ。知らない男の紡ぐ「愛している」の言葉はリュシエンヌの身に沁みて、彼を非情に拒むことができない。

これは相手がシャイエだからなのか、それともどんな男に言われても感じることなのか。後者ならリュシエンヌは恥ずかしげもなく淫らな女だということになるけれど、不思議とそうは感じなかった。シャイエほど誠実に愛をささやいてくれる男はいないだろう——そう感じるのだ。

「ずっと、私とともに……老いて、死ぬまで。ずっと。永遠に」

「ここ、で……？」

掠れた声で、リュシエンヌはささやいた。

「この……館で？　あなたと……？」

「あなたが、望むのなら」

最初目が覚めたときは、なんという場所に閉じ込められたことかと思った。たまらない恐怖があった。しかし手足を拘束されているわけではなく、食事も与えられる。皇女らしく、身分ある者らしくと口うるさく言う家庭教師や召使い頭もいない。

「あなたが望むのなら、なんでもして差しあげます。あなたが今まで送ってきた生活とは違うでしょうが……不自由はさせません」

シャイエは繰り返した。それほどにリュシエンヌを離したくないのか。それほど情熱的に求められた経験はリュシエンヌにはなく、そのことが胸の鼓動を早くする。ついじっとシャイエを見つめてしまい、するとシャイエは照れたように苦笑いをした。

「私のことを、愚か者と……ばかな男だとお思いでしょうね」

シャイエは手を伸ばし、びくりと震えたリュシエンヌの唇に触れる。そっと形をなぞる、まるで壊れものに触れるかのような仕草にリュシエンヌの口もとはわななないた。

「私も、まったくばかなことをしたと思います。けれど……どうしても我慢のできなかった私を嗤《わら》ってください。あなたの姿を見て……私の中のすべてが、吹き飛びました」

なおも唇に触れながら、シャイエはつぶやく。リュシエンヌに話しかけているというよりも、堪えきれない自分の想いが自然に言葉になって溢《あふ》れ出ているというようだった。

「こうやって、あなたを手に入れることができた……これ以上の幸運はありません」

シャイエは、愛の言葉をささやき続ける。攫われてここにやってきたというのに、その言葉が甘く沁みるのはなぜだろう。リュシエンヌが目を閉じると、そっとくちづけが落ちてきた。

その柔らかさを甘く感じ取りながら、リュシエンヌは柔らかいベッドの中に吸い込まれていくような感覚に陥った。

□

いつの間に眠っていたのだろう。もしかすると、与えられたシチューに眠り薬でも入っていたのかもしれない。

ふっと目が覚めると、あたりは真っ暗だった。リュシエンヌは改めてここがどこかと目を見開き、自分が攫われてきた舘の、ベッドの上だと気がついた。

「……あ」

リュシエンヌはひとりきりだ。窓の外を見ると月夜で、今が何時なのかはわからない。ベッドから飛び降りて窓に貼《は》りつき、昇っている月を見た。

位置からして、真夜中だ。シャイエはどこにいるのだろう。部屋を見まわした限り人の気配はなく、シャイエの姿も見当たらない。リュシエンヌは、ベッドのかたわらを見た。

リュシエンヌの白い靴がある。顔をあげると、月明かりの入ってくる部屋の奥、さっきは気づかなかった大きな扉があった。

人の気配がないことを、慎重に確認する。靴を履き、足音を立てないように扉に向かった。そっと押すと扉は開き、リュシエンヌははっとする。鍵がかかっていない。あえてかかっていないのか、それとも鍵のない扉なのか。

鍵がかかっていないということは、これは罠《わな》かもしれない。リュシエンヌをあえて泳がせて、自由を得た喜びののちに新たにつかまえる――リュシエンヌは慎重に、ゆっくりゆっくりと扉を開けた。

扉は、静かな軋《きし》みとともに開いた。目の前には暗闇に包まれた広い場所があって、一歩踏み出せばリュシエンヌは自由だ。どこをどう行けば帰ることができるのかはわからないけれど、少なくともこの館から脱出できる。

(早く……!)

大きく扉を開ける。自由になれるという喜びが、リュシエンヌから慎重さを奪っていた。一歩外へと足を踏み出すと、同時にりんりんとたくさんの鈴が触れ合うような音がした。リュシエンヌの背筋がぴんと伸びる。

(仕掛けが、してあったんだわ……!)

リュシエンヌは鈴の音から逃げて駆けようとし、しかし後ろから、ぎゅっと手を握られた。

「そろそろお目覚めだと思っておりましたが」

シャイエの声だ。リュシエンヌはゆっくりと振り返り、声の主が確かにそのとおりだと認識する。絶望が全身を襲った。同時に、彼の姿に反射的に湧《わ》きあがる恐怖がある。

「ちょうどよかった。今の時間、外に出られては危ない。狼《おおかみ》が徘徊《はいかい》していて、襲われないとも限りません」

「狼……？」

思いもしなかった言葉に、リュシエンヌはきょとんとする。シャイエは、緊張感を漂わせた表情でうなずいた。

「ここいらへんには、狼が出るのです。人をも食い殺す大きな狼です」

ぞくり、とリュシエンヌは震えた。シャイエが手を伸ばしてくる。

「外に出ては危険です。どうぞ、中に」

見れば、シャイエの手にもたくさんの鈴がついた長ものがある。リュシエンヌの耳に響いた鈴の音は、扉につけられたものだけではなかったのだ。

リュシエンヌは、再び鈴が鳴り扉が閉まる音を聞いた。先ほどは期待して開けた扉だったけれど、今度はリュシエンヌを守ってくれる音を立てて閉まった。リュシエンヌはシャイエを見あげ、問う。

「だから、鈴をつけておいたの……？」

シャイエは、薄く微笑みながら首を縦に振った。リュシエンヌが新たな恐怖に口もとを引《ひ》き攣《つ》らせると、シャイエは肩をすくめて苦笑する。

「まさか私が、あなたを閉じ込めるとでも思いましたか？　仕掛けをして鈴を鳴らして、あなたが脱走するのを防ごうと？」

「ちが……うの？」

シャイエの苦笑は濃くなる。彼は、今度は首を横に振った。

「こんな時間に外に出ることは、死を意味します。狼は、鈴の音を嫌う。だからやむを得ず外に出るときは鈴を鳴らします」

そう言ってシャイエは、自分の右手を持ちあげた。そこにあるいくつもの鈴を連ねた束を彼はしゃらしゃらと鳴らし、彼もまた鈴の音で身を守っていたのだということがわかる。

「狼……」

「ええ。近くに狼の集落があります。ですから、ここにも常に鈴をかけてあるのです」

シャイエは言って、かたわらに持っていた鈴の束を置いた。しゃらん、しゃらん、と耳に心地よい音がするけれど、狼はこのようなうつくしい音色を嫌うのだろうか。

「咽喉が渇いてはいらっしゃいませんか？　ワインを持ってきました」

そう言ってシャイエは、左手を持ちあげる。そこには籠《かご》があって、小さなワイン瓶が入っていた。

「渇いた……かも」

「どうぞ。ひいきにしているワイナリーのものです。味は保証つきですよ」

にっこりと笑って、シャイエは戸棚からグラスをふたつ取った。器用に瓶のコルクを抜き、真っ赤な、血のようなワインをそれに注ぐ。リュシエンヌはベッドに腰を下ろしながら、それを見ていた。

「ずいぶん……濃い赤なのね」

「特別な手法で作られていますから」

そう言って、シャイエはひとつをリュシエンヌに渡してきた。自分ももうひとつのグラスを取ると、一気にぐいと飲み干す。

(毒が入っているわけではなさそうね……)

自分は、攫われた身だ。いくら疑うことを知らないリュシエンヌでも、愛していると言われて、だから手に入れたかったのだと言われても、それを鵜呑《うの》みにする気にはなれなかった。リュシエンヌはシャイエがワインを干すのを見届け、不思議そうな顔をしている彼がこちらを見るのを見届けてから、そっとグラスの縁に口をつけた。

「……甘いわ」

「でしょう。しかし、ミルクのような甘さではない」

「大人の、甘さ？」

リュシエンヌがそう言うと、シャイエは笑った。思わぬことを聞いて、意表を突かれたとでもいう笑いだ。

「そうですね、大人の甘さ……子供には理解できない味でしょうね」

「美味しいわ」

実際美味ではあったのだけれど、それ以上に自分が大人の味を理解できるということを知らしめたくて、リュシエンヌはそう言った。

「お口に合って、よかった」

そう言って、シャイエは半分ほどになったリュシエンヌのグラスに新たな一杯を注《つ》いでくる。それを、シャイエがそうしたようにリュシエンヌが飲み干すと、彼は驚いたような顔をした。

「いい飲みっぷりですね」

「だって、美味しいもの」

そう言うのと同時に、くらりと眩暈《めまい》がした。思わずグラスを落としてしまい、木の床の上でグラスが大きな音を立てて割れた。

「あっ、……！」

「お怪我は」

シャイエは素早く駆け寄ってくると、リュシエンヌの手を取った。手を握られて、どきりとする。彼の手の熱さが伝わってくる。一度大きく跳ねた胸が、どく、どく、と高鳴り始めた。

「ない、わ……」

リュシエンヌの言葉を確かめるように、シャイエはリュシエンヌの手を取ったままだ。そのまま彼はひざまずき、リュシエンヌの手のひらにくちづけをした。

「や、……っ……」

彼の唇の感覚が、ぞくりと這いあがってくる。その温かく柔らかい感覚は体の芯に沁みとおり、リュシエンヌは大きく身震いをした。

「寒い……？」

手のひらに唇を押しつけながら、シャイエは尋ねてくる。声が振動となって体に伝わり、何度も何度も体が震えてしまう。

「寒くは……ないわ……」

リュシエンヌは首を横に振った。ワインを一気に飲んだせいか、体が火照って暑いくらいなのに。この小刻みな震えはなんなのだろう。

「しかし、震えていらっしゃる……」

ぬるり、としたものが手のひらを這って、リュシエンヌはびくんと体を跳ねさせた。今度は手のひらを舐められたのだ。そのような場所、と思うものの体は敏感に刺激を感じ取り、リュシエンヌは自分の反応に大きく目を見開いた。

「こんなに、震えて……まるで、狼に襲われる子ウサギのように……」

「あ、……、っ……」

シャイエはなにを言っているのだろう。しかし体の奥から湧きあがる衝動は耐えがたく、リュシエンヌは落ち着かなく身を揺すった。

「狼を恐れて、鈴を用意しておきましたが……狼は、どうやら私だったらしい」

「シャイエ……？」

彼は、手のひらから手首に唇をすべらせる。ちゅく、と血管の浮いたところを吸いあげられて、ぞくりと腰を走り抜けた感覚にリュシエンヌはあえかな声をあげる。

「あなたを前に……、堪えきれるはずがありませんでした」

「な、にを……」

シャイエは、リュシエンヌの腕に点々と赤い痕《あと》を残していく。そのたびにつきんと走る疼《うず》くような感触は、リュシエンヌにますます耐えがたい思いを抱かせる。

「お許しください」

リュシエンヌの二の腕に、ドレスの上からくちづけたシャイエは言う。

「あなたを乞《こ》うて……仕方のない私の想いを、どうぞ受け止めて……？」

「シャイエ……、っ……」

彼の唇は肩を這い、剝《む》き出しの首筋にすべる。ちゅく、ちゅくと音を立てながら彼の吐息が濡《ぬ》れた痕に触れるのに、体の芯がじんじんとする。

いく。

（な、んなの……、これ……、っ……）

経験したことのない、奇妙な感覚。しかしそれは甘く熱く、リュシエンヌの体を支配していく。

（知らない……、こんな、の……、っ……）

シャイエの唇が顎《あご》にすべり、音を立ててくちづけされる。震える口もとは彼のキスに奪われて、はっと熱い呼気が洩れた。

「ん、……っ、……」

くちづけされている。しかしそれを振り払おうとは思わないのだ。それどころか伝わってくる甘さに体は酔って、もっともっとねだるように自分から唇を押しつけてしまった。

「あ……、ん、んっ……」

ぞくん、と体の芯がわななく。シャイエの腕が背にまわってきて抱きしめられる。強い男の腕の中で逃げられない恐怖を感じるのに、なぜそれが快いのだろう。

「リュシエンヌ姫……」

熱い吐息とともに、彼がささやく。抱きしめられたままベッドに折り重なり、男の重みを感じる。それが体の奥にまで沁み込むのはなぜなのだろう。熱いものが指先にまで広がっていくのはなぜなのだろう。

「あ、……っ……」

自分に襲いかかってくる感覚を、なんと名づけていいのかわからないままリュシエンヌはそれに自分の身を委《ゆだ》ねた。この先自分はどうなるのか——どうなっても構わない。今はただ、この情動に包まれていたい——ぼんやりとする頭で、リュシエンヌはそのようなことを考えていた。

「……っあ……、っ……」

軽く唇を咬《か》まれて、その痕を舐められる。ぬるりとした感覚が身を貫く。ぞくぞくとしたものが背を走る。微かな喘ぎ声を洩らす唇に、また歯が立てられた。

「あなたの……味」

呻《うめ》くように、シャイエは言った。

「甘い……堪らない甘さです。これほどの美味は……あのワインなど、及びもつかない」

「ワイン……」

頭がぼんやりする。感じるのはシャイエの体の重み、くちづけ、与えられる刺激だけ——あれだけのワインで酔ってしまったのだろうか。一気に飲んだせいに違いない。シャイエはくちづけたまま、手をリュシエンヌの胸に這わせる。ぎゅっと力を込められて、リュシエンヌの腰は大きく跳ねた。

「あ、ああ……っ！」

ドレス越しの乳房への刺激に、腰まで突き抜ける感覚がある。じん、と疼くのはあらぬ箇所で、それにリュシエンヌは戸惑った。

「な……、っ、や……、ぁ……」

「心地よく……ないですか？」

唇越しに、シャイエが問うてくる。体を貫いたあの感触を心地よいと言うのなら、まさにそのとおりだ。肌が火照って、腰の奥に熱いものが注がれたような違和感があって。下肢を捩らずにはいられない。

「あなたのここは、反応しているのに……？　ほら、ここを硬くして」

「や、ぁ……ああ、あ！」

シャイエの指が、ドレス越しの乳首《ちくび》を摘まんだ。きゅっと力を込められて、リュシエンヌは大きく身を反らせる。あられもない声が唇から洩れ出した。

「こちらも……ほら、感じて、勃《た》っている」

「か、ん……じて……？」

ぼんやりとした頭で、リュシエンヌは考えた。感じる――いったいどういう意味だろう。この未知の感覚をそう呼ぶのなら、確かにリュシエンヌは感じている。どくどくと心臓が打って、それは胸に触れているシャイエにも伝わっているだろう。

「緊張することはない……ゆったりと、私に任せて」

両の胸の乳首を、交互に摘まみながらシャイエは言う。そのような場所が自分の体にあるなんて意識したこともなかったのに、今はそこから伝わってくる感覚にリュシエンヌは声をあげている。

「ひどいようにはしません……ただ、あなたが気持ちよくなるように」

「きも、ち……い……？」

感じる。気持ちいい。それらの言葉が頭をまわって、眩暈が強くなるような気がする。もっと溺《おぼ》れたい、もっと深くまで。そんな思いが貫いて、リュシエンヌははっと目を開けた。

目の前には、シャイエの真っ黒な瞳がある。それが潤んで、したたるような欲を感じさせる。男が、このような顔をしているところを見たことはない――どきり、と胸が摑まれたように拍動した。

「ええ。あなたが気持ちよく……、もっと、もっととねだるように」

ひくり、とリュシエンヌの咽喉が鳴った。もっととねだりたくなるような快楽とは、どのようなものなのだろうか。くちづけをされ胸に触れられ、今まで知らなかった感覚を教え込まれて、これ以上なにが待っているというのだろうか。

（……ああ）

頭がぼんやりして、うまくものごとを考えられない。そんな中シャイエの手は、リュシエンヌのドレスの胸もとのリボンをほどく。しゅるりという音ともに、晒された肌が粟立《あわだ》った。

「や、ぅ……、っ……」

彼はリュシエンヌの胸もとを広げ、乳房を表に晒す。リュシエンヌがはっとしたのと、彼が尖《とが》った乳首にキスをするのは同時だった。

「つや……、ぁ、……ん、……」

びりっ、と痺《しび》れるような感覚が全身を貫いた。リュシエンヌの体はまた跳ねて、ベッドがぎしりと音を立てる。

「ん、……ん……、っ、……、んっ」

乳首をくわえられ、きゅっと吸われた。同時に走った感覚はキスされたときとは比べものにならず、リュシエンヌは自分の体の変化に目を見開いた。

「あ、……い、や……、っ……」

「なにが、いや……?」

なおも、ちゅくちゅくと乳首を吸い立てながらシャイエは言った。その声もが、体中に響く。

「だめ……、出……ちゃ……」

リュシエンヌの頬が、かあっと染まった。それ以上を口にするなんて恥ずかしくてできない。しかし下肢の疼きはどうしようもなくて、もじもじとさせる下肢を、シャイエの膝が押さえた。

「この奥が……疼くのでしょう?」

彼の膝はリュシエンヌの両脚を割り、その谷間をぐっと押してくる。一瞬、目の前が真っ白になった。指先にまで痙攣《けいれん》のような感覚が走り、リュシエンヌは何度も荒い息を吐く。

「ねぇ？　ここが……たまらなくなっているのではありませんか？」

「そ、……う、……っ、……」

激しい呼気に邪魔されながら、リュシエンヌは懸命に言葉を継いだ。

「ここ……へん、なの……、っ……」

「変で、いいんですよ」

濡れた音とともに乳首を吸い立てながら、シャイエは言った。

「もっと、変になる……ここからかわいらしく、蜜を流して……挿《い》れてほしいと言うようになる」

「い、れ……？」

彼はなにを言っているのだろう——やはりぼんやりとした頭では、考えられない。ただ自分の体の反応にシャイエが驚いていないことに安堵した。

「ひぁ……あ、あ……、……ああっ！」

シャイエは両脚の谷間に膝を突き込みながら、片方の乳房に手を添えて揉《も》み、もう片方はなおも乳首を吸いあげる。それぞれの箇所から湧き起こる情動にリュシエンヌは声を立て、背が大きく弓なりになった。

「や……ぁ、あ……っ、……！」

全身が痺れる感覚――これを感じるというのだろうか。この情感に身を任せてもいいのだろうか。シャイエは、おかしくなってもいいと言った。ではこの衝動のなすがままになってもいいのか――。

「あっ、あ……あ、あっ、あ……！」

ずくん、と体中を貫いた衝撃があった。つま先から頭の先までを突き抜ける感覚にリュシエンヌは嬌声《きようせい》をあげ、そしてがくりと脱力した。

「達《い》ったみたいですね」

シャイエのささやきが聞こえる。それは、なに？　疑問は激しい呼気の中に紛れてしまう。

「かわいらしい反応を見せてくださる……とても、初めてだとは思えませんね」

ぺろり、と勃った乳首を舐めあげながらシャイエは言う。

「こんなあなたのお姿を見ることができるなんて……私は、どれだけ幸運なのか」

「や……、っ、しゃべら、ない……で、……っ……」

頭は変わらずぼんやりしているけれど、そのぶん肌の感覚は敏感だ。彼の舌先が濡れた乳首に触れるだけで指先にまで痺れが走り、体がびくびくと反応する。

「つあ、あ……あ、……ああっ！」

きゅちゅ、と吸いあげられ、指先で捏《こ》ねられて。シャイエのもうひとつの手が、リュシエンヌの体をなぞり落ちていく。それはドレスを捲《めく》りあげ、ドロワーズの腰部分にかかる。

「あ、あ……、っ……」

ひと息に引き下ろされる。ひやりと夜の空気がスカートの中に入り込み、リュシエンヌはぶるりと身震いした。同時に自分の両脚の間が濡れていることに気づく。

「いや、ぁ……、見ない、で……、っ……」

「いいえ、ここを……」

ドロワーズを足から引き抜き、シャイエはリュシエンヌの胸から顔をあげた。張りつめている乳房をもう愛撫《あいぶ》してもらえないことがせつなくて、シャイエを見つめた目からひと粒しずくがこぼれ落ちた。

「もっと、気持ちよくして差しあげます……もっと、もっと」

「いぁ、あ……っ……？」

シャイエはリュシエンヌの、覆うもののなくなった両脚の内腿《うちもも》に手をかけた。ぐいと脚を開かせられると、秘められた場所に冷たい空気が入り込む。

「や、……っ、ぁ……、っ……」

それだけで、まるで触れられたかのように感じてしまう。リュシエンヌは身を仰《の》け反《ぞ》らせ、続けて感じたのは温かくて柔らかいものだった。

「な、に……、っ、……、っ……！」

驚くリュシエンヌの声は、嬌声に変わった。いまだ開くことを知らない花びらに舌が這《は》ったのだ。最初は先端の部分をぺろぺろと、続けて唇で挟んで揉むようにされる。

「ひぅ……、っ、……、っ……」

それは、あまりにも大きな衝撃だった。体の中心を熱いものが駆け抜ける――リュシエンヌは身を引き攣らせ、つま先を痙攣させてひくひくと震えた。

「……っ、あ、あ……ああ、っ！」

「甘い、ですね」

リュシエンヌの秘所に顔を埋《うず》めるシャイエは、満足そうに言った。

「思ったとおりだ……あなたの蜜は、このうえない甘露《かんろ》……」

「いぁ、っあ……っ……！」

「あんなワインなど、比べものにならない。どこまでも甘くて……ずっと、啜《すす》っていたくなる」

「やぁ、あ……あ、ああ……っ……！」

言葉どおり、シャイエはじゅくじゅくと啜る音を立てながらリュシエンヌを愛撫する。目の前が真っ白になって、なにも見えない。ただ目の前を、小さな光がちかちかと飛んでいる。

リュシエンヌは大きく目を見開き、端から涙を流しながら彼の舌を受け止めた。

「次から、次へと溢れてくる……甘い、蜜が」

「ああ、もう……、っ、……、っ……」

舐められ食《は》まれ、弄《いじ》られる感覚がもどかしい。リュシエンヌは身を捩ってその焦《じ》れったさを伝えるけれど、シャイエはなおもくちゅくちゅとリュシエンヌの秘唇をもてあそぶ。唇で擦られると耐えがたいまでの快感があって、リュシエンヌは大きく胸を上下させた。

「リュシエンヌ姫……、リュシエンヌ……」

うわごとのようにそうつぶやき、シャイエは舌を伸ばしてきた。花びらの間に先端を突き込まれ、溢れる蜜をひとしずくも逃さないようにとでもいうように啜られて、リュシエンヌの下半身が大きく引き攣る。

「い、やぁ……、も、……、や……、っ……」

「では、どうしてほしいのですか？」

ちゅくり、と花びらを吸い立てながらシャイエが言う。

「どのようにすれば、どれほど心地よくなるか……あなたは、ご存じだというのですか？」

「ち、が……、も……や、め……」

激しすぎる快楽は、苦痛だった。下半身をシャイエに押さえられて身動きのできないリュシエンヌは、あえかな声でそれを訴えるしかない。

「だめ……、れ、じょ……は……、っ……」

「あなたのここは、いやがっていない」

尖らせた舌を、花びらの中に埋め込みながらシャイエは言った。

「ここ……襞《ひだ》が私を誘って、中へとうごめいていること……感じていますか？」

「そ、んな……こ、と……」

自分の体の反応など、知りたくないのに。しかし湧きあがるのはより熱い感覚だけで、体の奥がもっととねだっている。もっと知らない刺激を与えてほしいと、よがっている。

「ひくひくしてますよ……？　ああ、ほら。きゅっと締まって……」

「……ぃ、あ……、っ……！」

ちゅくん、とシャイエは舌を引き抜く。花びらを弄られる感覚が去ってほっとしたものの、しかしシャイエの与える刺激を失って体は大きくわななないた。

「あ……、いや……、っ……」

「なにが？」

リュシエンヌは、目を見開いた。今まで優しかったシャイエの口調が、急に尖ったものに変わったからだ。彼は体を起こし、リュシエンヌに見せつけるように濡れた唇を舐めた。

「本当は、ここまでするつもりはなかったのですが」

その顔は、小動物を狙《ねら》う肉食獣——ぞくり、とリュシエンヌの背を走ったのはしかし、恐怖ではなく、さらなる快楽を求める貪欲《どんよく》な情動だった。そのようなものが自分にあるなんて、考えたこともなかったのに。

「あなただって……ほしがっているでしょう？」

まるで、リュシエンヌの心のうちを読んでいるかのようにシャイエは言った。

「男を……私を、ほしいと思っているのでしょう？」

「あ、あ……、っ……、っ……」

心の奥を読まれている。リュシエンヌ自身、自分を襲っている衝動がどういうものかよくわかっていないのに、ただ体だけが疼く。

「言ってごらんなさい……、ほしい、と。私が、ほしいと」

「……ほ、し……、っ……」

リュシエンヌの唇は、命ぜられるままに動いた。それがどういう意味を孕んだ言葉なのか、リュシエンヌ自身もよくわかっていない。ただシャイエに、そして体の反応に促されるままに声が洩れて、彼女の声は悲鳴になった。

「ほしい……、ああ、……ほしい、の……、っ……」

シャイエが目を細める。彼の右手がリュシエンヌの腿を這い、先ほどまで舌の愛撫を受けていた箇所にすべる。指が花びらをかき分け、ついと差し挿れられたのは指一本だった。

「ああ……、っ……、っ……！」

それは難なくリュシエンヌの内壁を押し開き、挿《はい》り込んでくる。中で捻《ひね》られるとぐちゅりと淫らな音が立ち、それがますますリュシエンヌの情欲を煽《あお》る。

「中が、吸いついてきますよ……？　指くらいじゃ足りないって、ね」

「や、ぁ……、も、っと……、もっと……」

頭がぼんやりと霞《かす》む。リュシエンヌはシャイエにもてあそばれる人形のようになっていて、ただ疼く体を治めてくれるものを求めている。

「もっと？　なにが、もっとなのですか？」

「いや……、わか、ら……な……っ、……」

わからないながらも、女の体は男を求めて震えている。くちゃりと音がして、もう一本が挿れられた。異物を受け挿れることに慣れていない箇所は軋みをあげたけれど、それさえもが快楽だ。

「わから、な……、っ、……、わからない……っ……」

「では、教えて差しあげましょう」

シャイエは、二本の指でぐるりと蜜口をかき乱す。濡れた襞を刺激されてリュシエンヌは腰を跳ねあげた。

「あなたのここが、もっと太いものをほしがっているのですよ……指二本などでは追いつかない、もっともっと太いものを……」

「ふ、とい……？」

掠れた声で、リュシエンヌはつぶやく。その部分を、もっと太いもので――差し挿れられた指はてんでに中で踊り、濡れた音とともに柔らかい淫肉を拡《ひろ》げていく。

「やぁ、あ……っ、……、ぅ……」

下肢から迫《せ》りあがる、たまらない疼き。指先にまで流れ込んでくる快楽。それらに溺れるリュシエンヌは、挿り込む指がもう一本増えたことに気がついた。これ以上はないと思っていた圧迫感がさらに大きくなり、体の奥に響き渡る。

「も、……も、……いや、ぁ……、っ……」

「この程度で」

突き込んだ三本の指で、ぐるりとかき乱しながらシャイエは言う。

「あなたは、もっといい思いをするのですよ……？　もっと、もっと……」

「も、っと……？」

はっ、はっ、と乱れた呼気とともにリュシエンヌはつぶやく。三本の指がぐちゅんと中を大きく抉《えぐ》り、引き出されたときには大きな声をあげてしまった。

「あ、あ……、っ……、っ……！」

弄られていた秘所は、刺激を失ってひくひくとわななく。リュシエンヌは涙の張った目を開けて、シャイエを見あげた。

シャイエは、濡れた瞳でリュシエンヌを見下ろしている。彼の手は腰のあたりで動いていて、なにをしているのかとリュシエンヌが目をやると、彼の手が握ったものが布の間から顔を覗《のぞ》かせた。

「な、に……っ……」

それは赤黒く、先端からしずくをこぼす肉塊だった。それがなにか頭ではわからずとも、リュシエンヌの本能は知っているらしく、思わずごくりと咽喉が鳴った。

「あなたも、待っていらっしゃると見える」

濡れた唇を舐めながら、シャイエは言った。

「あなた自身はご存じなくとも……体のほうは、違うらしい。これを待って……ほら、ここがひくひくしている……」

「や、ぁ……、っ……」

その肉塊は、今まで指がかきまわしていた秘所に押し当てられた。その熱さに、リュシエンヌは大きく肩を跳ねさせる。

「少し触れただけなのに、それほどに反応されるとは」

シャイエは目を細めた。彼がしきりに唇を舐めるのは、その先を求めてのことか――この、先。なにが起こるのかリュシエンヌには想像できず、それでいて体の奥は疼いている。熱いものを求めて震えている。

「あなたを、私のものにする……」

「ひぁ、……っ、ぁ……！」

じゅくん、と熱杭《ねっくい》が蜜園を拡げる。その衝撃にリュシエンヌは目を見開き、縁から涙がこぼれ落ちた。

「ああ、泣かないで」

シャイエは顔を寄せてきて、リュシエンヌの涙を吸い取る。同時に肉塊が指に拡げられた箇所に入ってきて、その衝撃にリュシエンヌは息を呑む。

「ゆっくりと……あなたが、苦しくないように」

濡れた目もとを舐めあげながら、シャイエはささやく。

「痛い思いはさせません……、あなたが、どこまでも気持ちいいように……」

「ひぅ、……、っ、……！」

ずく、ずく、と熱いものが挿ってくる。それは少し挿入されては引かれ、また突き込み、少しずつ奥へと進んでいく。

「いや、ぁ……、っ、……」

経験したことのない違和感に、リュシエンヌは喘いだ。しかしシャイエの言ったとおり、痛みや苦しみはないのだ。ただ伝わってくるのは、知らなかった異物感――リュシエンヌの性感を狂わせる、奇妙な感覚だ。

「や、ぁ……な……の……、っ……」

「でも、あなたのここはいやがってない」

はっ、と乱れた吐息とともにシャイエは言った。

「ほら……私に吸いついて、離れない。もっとと、もっと奥へと……ねだっている」

「いや……、そ、んな……こ、と……」

リュシエンヌは、自分の顔を両手で隠した。自分がどのような表情をしているかなんて、見られたくない。それなのにシャイエはリュシエンヌの腕を取り、顔を近づけてキスをしてきた。

「……ぃ、う、……、ぅ……！」

同時に、挿り込んでくるものも深くなる。濡れた内壁を擦られて、嬌声があがる。圧迫感に、息ができない。はぁ、はぁ、と吐く呼気はシャイエのキスに吸い取られ、息苦しさがますます感覚を鋭くする。

「つあ、あ……ああ、……っ……」

「リュシエンヌ……」

ずくん、と挿ってくるものが深くなった。内壁が蜜を流し、それに絡みつく。ぬちゅ、と音を立てて蜜壁が擦られる。淫らな涙を流す部分を拡げられ、強烈な圧迫感と同時にたまらない痙攣に体中を支配されて、リュシエンヌは声をあげる。

「こんなに深く……私を受け入れてくれている」

乱れ、満足そうなシャイエの声が聞こえた。リュシエンヌはまるで熱杭をくわえ込まされたような衝撃に喘いでいるけれども、腹の奥から生まれるのはじわりじわりと広がる快感ばかりだ。

異物を挿れられて、よがるなんて。リュシエンヌの微かに残っている理性が自分を嘲笑《あざわら》う。

しかし体の反応にはどうしても逆らえなくて、喘ぎ声が連なって響く。

「あなたの体が……私を悦《よろこ》んでいる。嬉しいと……啼《な》いてくれている」

「や、ぁ……、……あ、……んっ……」

じゅく、じゅく、と楔《くさび》が青い体を暴いていく。肉を拡げられるぴりっという刺激さえもが快楽だ。リュシエンヌはたまらずに激しく胸を上下させ、少しずつ暴かれる秘密の愉悦を味わっている。

「も……、っ、や、ぁ……、ぅ、……」

「けれど、あなたの体は悦んでいる」

腰を突きあげながら、低い声でシャイエは言った。

「中がうねって、私を離さない。絡みついて……離れない……」

「いぁ、あ……、っ、……、っ……！」

さらに奥を突かれ、リュシエンヌは大きく身を仰け反らせた。あまりの快楽に逃げようとする腰を押さえつけ、ずん、と大きく突かれた感覚にリュシエンヌは大きく目を見開いた。

「な、に……、っ、……れ……」

「私が……あなたを、私のものにした証《あかし》です」

はっ、と熱い息を吐きながら、シャイエは言った。

「あなたを守っていた膜を破った……私の、もので」

「や、ぶ……った……？」

彼の言っていることはよくわからなかったけれど、確かに体の奥にはずくずくと疼痛《とうつう》が響いている。痛いような、心地よいような。どう表現していいものかわからない感覚にリュシエンヌは震え、その唇にシャイエはくちづけしてきた。

「ん、……っ、……」

濡れたキスは、体の奥まで沁みとおる。ちゅくんと音がしてふたりの唇は離れ、銀色の糸が唇を繋《つな》ぐ。ぷちんとそれが切れるのを、不思議な思いでリュシエンヌは見ていた。

「破ったって……、どういう、こと……？」

「あなたが、私のものになったということです」

言いざま、シャイエは腰を突きあげてくる。ひぅ、とリュシエンヌは声をあげて身を仰け反らせ、さらに奥まで肉芯が突き立てられるのを感じる。

「あなたは……私のものだ。リュシエンヌ姫……」

「いぁ、あ……、っ、……っ、……」

リュシエンヌの腰にはしっかりとシャイエの指が絡み、彼自身が何度も出挿りする。そのたびにぐちゃぐちゃと音があがり、接合部を濡らす液体はさらに多くなる。腹の奥の疼きにたまらない思いをさせられながらリュシエンヌは喘ぎ、どくり、と体内で彼自身がひとまわり大きくなるのを感じた。

「リュシエンヌ……」

苦しそうな呼吸とともに、シャイエは大きく突きあげてくる。全身を、疼痛が走る——リュシエンヌが大きく声をあげたのと、体内で熱いものが弾《はじ》けたのは同時だった。

「つあ……、ああ……、っ、……、っ……」

「ふ……、っ、……、ぁ……」

なにかが、腹の奥でしぶきをあげる。深くにまで流れ込んでいく。その熱さにリュシエンヌは大きく身震いし、指先まで沁み込んでいく熱に気が遠くなっていくのを感じた。

「やぁ……、っ、……、っ、……ん、っ……」

まるで、濃すぎる酒を飲んだような感覚。深い水の中に沈みゆく感触の中、リュシエンヌは荒い乱れた声で自分を呼ぶ男の声を聞いた。

髪を撫でられる感覚に、リュシエンヌはふと目を覚ます。

「お兄さま……？」

リュシエンヌの銀色の髪を、丁寧に優しく撫でるのは兄の癖だ。その心地よさに眠ってしまうこともしばしばだけれど、このたびは撫でられて目が覚めた。

「それほど、兄上を慕っていらっしゃるのですね」

聞こえた声は、誰のものか——リュシエンヌは顔をあげ、薄明かりの中、シャイエの顔を見てはっとした。

「わ、たし……」

「ずっと、お兄さま、と言っておいででした」

リュシエンヌは思わず、口もとを押さえる。シャイエは細めた優しげな目でその様子を見やり、やはり頭を撫でてくる。

「わたしを……帰して」

髪を撫でてくれるのは兄のようで、しかし兄ではない。いまだにぼんやりとする頭にも、それはわかる。

「お兄さまの……お父さまのもとに、帰して」

浮かされたような時間、なにがあったのか——体の奥の疼きが、それを知らしめている。自分が、今までと同じ自分ではなくなってしまっていることが感じられる。

（このようになってしまったわたし……お兄さまたちが、受け入れてくださるかどうかはわからないけれど……）

リュシエンヌは、ベッドに突っ伏した。涙が溢れてくる。兄の、姉の顔が浮かんでくる。両親の顔も脳裏を過り、穢《けが》れてしまった体を抱きしめてリュシエンヌは泣いた。

「帰して……、わたしを、帰して……」

「いいえ」

優しく髪を撫でながら、しかしリュシエンヌに有無を言わせない口調でシャイエは言った。

「あなたは、私のものです。あなたの体は私のもの。そして心も遠からず、私のものになるでしょう」

「そ、んな……、っ……」

ひくり、としゃくりあげながらリュシエンヌは声を立てた。

「ひどいわ……わたしは、いやだったのに」

涙が溢れる。したたって、リュシエンヌの頬を流れていった。

「わたしの体は、わたしの夫になるかたのもの……正式な婚姻式《こんいんしき》も挙げていないのに、体だけ奪われて……!」

「ですが、あなたは受け入れてくださった」

冷淡にも聞こえるもの言いで、シャイエは言った。

「私の手を、指を……私自身を。受け入れて、悦んでくださった」

「いやぁ……、っ……」

リュシエンヌは両手で耳を覆う。その手首を、シャイエがそっと取った。その耳にささやきかけるように、言葉を続けた。

「あなたは、反応してくださった。私をくわえ込んで、よがってくださった……本当にいやなら、私を殴っても、蹴ってもよかったのに。あなたは……」

「いや、いや、いや……、っ……！」

しかし、とシャイエはなおも残酷な言葉を綴《つづ》る。

「あなたの体は、私のものになった……一度男に穢された女を娶《めと》る者は、誰もいないでしょう」

諦《あきら》めなさい、とシャイエは優しい口調で残酷な言葉を吐く。リュシエンヌはぶるりと大きく震えた。苛酷《かこく》な現実に大きく目を見開き、端からはぽろぽろと涙がこぼれ落ちる。

「あなたは、私がいただいた。あなたは、私のものになった……」

うたうように、シャイエはつぶやく。

「あなたのご両親……兄上や姉上には、お手紙を書きましょう」

髪を指で梳《す》きながら、シャイエは言った。

「あなたは、ご無事だと。ご無事で、夫たる人物とともに、ある領地にいらっしゃると……」

「それで、安心していただけるなんて思わないわ」

書簡一通、しかも『ある領地』だなんて。そのようなものは、父や兄をますます戸惑わせ、不安にさせ、激怒させるに違いない。

「あなたの署名を入れていただきます」

もうすでに用意していた答えのように、シャイエは言った。

「あなたの父ぎみや兄上には、納得していただかなくてはならないでしょう。私は、あなたを手放すつもりはありませんから」

頭を撫でてくる感覚は、心地よい。体が慣れない疲労に包まれているから、よけいに撫でられる感触は気持ちよくて。この手を兄のそれと感じ、兄に撫でられているのだと思い込もうと、リュシエンヌはまた目をつぶってしまった。

「あなたは、永遠に私のもの……」

それでもまたうたうように、シャイエは言う。

「手に入れた、私の小鳥……」

では、リュシエンヌはずっとこの館で、シャイエに愛撫され快感を与えられる日を送るのか。それはいつまで——ともすれば、一生？

その考えは、リュシエンヌをぞくりとさせた。そんな彼女をなだめるようにシャイエはリュシエンヌの髪を撫で続け、まるで兄にそうされているような感覚の中、リュシエンヌの疲れた体は再びの眠りに落ちた。

第二章　略奪者の正体

夏の狩りのための館だというこの建てものには、暖炉もあれば小さな厨房も、井戸もあった。リュシエンヌにはひとり、ベツィーという名のメイドがつけられ、彼女がリュシエンヌの面倒を見てくれる。

日課だった地理、数学、自国語に外国語の学習はない。ダンスに歌の練習もないのは残念だったけれど、その代わりベツィーの見ている前ではあるが小屋のまわりの広場を散歩することができる。突然駆け出しても、ベツィーは驚かない。このようなことをすれば、いつもならまわりの召使いや衛兵が黙ってはいないのに。

「どうして驚かないの？」

リュシエンヌは、ベツィーに尋ねる。ベツィーは薄く微笑んで、黒い髪を揺らす。

「シャイエさまの妹ぎみも、そうやって野原で駆けまわることがお好きでしたから」

ベツィーの言葉に、リュシエンヌは首を傾《かし》げる。

「お好き……だった？」

ええ、とベツィーはうなずく。その顔に少し影が差したことにリュシエンヌは、はっとした。

「まさか……」

「ええ、お亡くなりになりました。昨年の冬の、流行病《はやりやまい》で」

リュシエンヌは思わず、口に手を当てた。ベツィーは穏やかな表情で、リュシエンヌを見ている。

「シャイエは……わたしを、その妹ぎみに重ねているのかしら？」

「いいえ、まさか」

ベツィーは笑った。沈んでいるリュシエンヌの心を浮き立たせてくれる、華やかな笑い声だった。

「妹姫さまは、シャイエさまと同じ栗色の髪。お歳も八歳と幼くいらして、仮に似ている部分がおありだったとしても、比べる対象にはなりませんわ」

（……姫？）

ベツィーは何気なくそう言ったのだろうけれど、リュシエンヌはその言葉を聞き逃さなかった。

（シャイエの妹ぎみが『姫』ということは、シャイエも王族……）

リュシエンヌには、ここがどこだかわからない。自国なのか、外国なのか。しかしベツィーの言葉でここが隣国だということが知れた。

（隣国で、去年の冬に病が流行ったと聞いたもの。姫ぎみが亡くなったとまでは知らなかったけれど……）

　ということは、シャイエは王子なのだ。隣国には確か三人の王子がいて、シャイエという名に聞き覚えはなかったけれど——恐らく偽名なのだろう——その三人のうちのひとりなのだと思われた。

「シャイエは……」

　口にしかけて、リュシエンヌは口をつぐんだ。ベツィーが首を傾げたけれど、なんでもないと首を横に振る。

「ねぇ、今の季節、ここではどんな花が咲くの？」

「ルルディにグラスディ、ペリコクラダにイドラゲア……」

　聞いたことのない花の名前ばかりだ。隣国とはいえ、ここは確かに外国であるということを自覚する。

「花を摘んでもいいかしら。花輪にして、ベツィーにもひとつあげるわ」

「まぁ、それはありがとうございます」

　ベツィーは、その黒の髪のせいか落ち着いて見える。年のころは、二十歳は過ぎているだろう。そんな彼女が自分と同じように花輪を喜ぶのが嬉しくて、思わずベツィーの手を取る。

「いっぱいお花が咲いているところに連れていって？　いろんなお花で花輪を作りたいわ！」

「それは……」

今まで笑顔だったベッティーの表情が曇る。首を傾げると、言いにくそうに彼女は口を開いた。

「シャイエさまのお許しがないと、この敷地からは出られませんので……」

ああ、とリュシエンヌはため息をついた。嫌いな勉強をしなくてもいい、走りまわっても叱《しか》られない。自由が手に入ったのだと喜んでいた自分が愚かだったと悟った。リュシエンヌは囚《とら》われの身で、今のリュシエンヌの生殺与奪《せいさつよだつ》を握っているのはシャイエなのだ。

「でも、敷地の中のお花なら、いくら摘んでも構いませんよ」

そのことに今さらながらに気がついたリュシエンヌを、慰めるようにベッティーは言った。

「お手伝いいたしましょう。わたし、花輪を編んだことはないんです。編みかたを教えていただけますか？」

「ええ……」

知らないたくさんの花の名を聞いて、興奮していた心は沈んでしまっている。ベッティーがいろいろなことを話しかけて気を引き立たせようとしてくれているけれど、呑気《のんき》に勉強をしなくていいなどと思っていた自分が情けない。

「あら……、あれは」

ベッティーが顔をあげて、驚いた声をあげる。リュシエンヌも同じほうを見て、すると十人ばかりの黒い衣装をまとった男たちがやってきているのが目に入った。

「なにかしら？」

「楽器を持っていますわ」

見れば確かに、フィドル、レベック、ブラッチョ、ヘグムにアジェン。チャケー、ケーン、ヘッケルフォン。今からここで大舞踏会でも始まるのかというほどの演奏者たちが集まってきている。

「シャイエ……！」

その最後に、シャイエが歩いてきている。リュシエンヌは彼に駆け寄り、彼の袖を引っ張った。

「なにごとなの、これは！」

「姫ぎみの退屈を、紛らわさせていただこうと思いましてね」

「紛らわすって……こんな、楽団！」

驚くリュシエンヌに、シャイエは微笑みかける。

「あなたをもてなすためならば、この程度なんでもないことですよ。それよりも、私はあなたのダンスが見たい」

「ダンス？」

はい、とシャイエはうなずく。彼は手を差し出して、リュシエンヌをいざなう。ふたりが豊かな下草の広間の中央に立ったとき、楽器を持った黒服の者たちはいっせいに構えを取り、あたりには妙《たえ》なる音楽が流れ始めた。

「ま、ぁ……！」

「姫ぎみ、お手を」

シャイエは優雅な仕草で手を差し出してきて、リュシエンヌはそれを取った。踊ることは大好きだ。しかしリュシエンヌにとってダンスは大理石の広間で足をすべらせるもの、このような、くるぶしまで埋まるような下草の中でするものではなかった。

「さぁ、踊りましょう」

「で、も……」

このような中では、足が取られてしまう。恐る恐る足を踏み出したリュシエンヌは、案の定下草に足を取られて転びかけてしまった。

「や、っ……！」

リュシエンヌの体は、シャイエの腕に抱きとめられた。彼の強い腕の中にあって、はっとする。顔をあげるとシャイエの優しく微笑む顔があって、リュシエンヌはそれにどきりと胸を摑まれた。

シャイエの笑みに心を奪われるのが、不思議だった。この男はどこ知れぬ場所にリュシエンヌを攫い、手込めにはしないと言いながら抱いた男なのだ。しかしリュシエンヌはこれに応え――そのときのことを思い出して、リュシエンヌはぞくりと身を震わせた。

「リュシエンヌ姫？」

「……いいえ、なんでも」

彼の腕から逃れて、体勢を立て直す。向かい合うダンスの体勢を取って彼の手を取り、音楽に合わせて踊りだす。

「きゃっ」

また、足を取られてしまった。そんなリュシエンヌの体を器用に支え、シャイエは鮮やかなステップを続ける。

前へ、後ろへ、左へ、右へ。ふたりのステップは、まるで何年もともに踊ってきた者同士のようにぴったりと合い、ふたりがひとつであるかのように重なって離れない。

（こんなに、踊りやすいなんて……）

リュシエンヌも、今まで何度もいろいろな相手と踊ってきた。しかしこれほど踊りやすいと感じたのは兄しかいなかった。無理やりリュシエンヌを抱き、乱暴に自分のものにしたシャイエと、ダンスの足取りがこれほどぴったりと合うとは思わなかった。

（複雑だわ……）

シャイエとともにステップを踏みながら、リュシエンヌは困惑していた。

（わたしは……シャイエを憎むべきなのに）

リュシエンヌはもう、花嫁にはなれない。この身を奪ったシャイエを、せめて傾のひとつでも張ってやりたいところなのに、鮮やかにすべるステップの心地よさに、そのような気になれない。

音楽は優しく、風は心地よく、ふたりの足取りはなめらかに、リュシエンヌの気持ちを向上させていく。自分の手を取っているのが憎むべき相手であるということがリュシエンヌの中で薄れかけたとき、ふわりと鼻をついた香りがあった。

「あ、ら……？」

リュシエンヌは思わず足を止める。香りのする方向を振り向くと、両手で抱えなければならないほどに大きなシフォン・ケーキを運んでくるベツィーと、同じメイド服をまとった三人の侍女がいた。

「ま、ぁ……！」

「リュシエンヌ姫は、甘いものがお好きだということですので」

「ええ、大好きだわ！」

こんがりときつね色に焼けたケーキは、等間隔にクリームを絞って飾ってある。その間には真っ赤な苺《いちご》が挟んであって、目にも美味しそうだ。

リュシエンヌの興味がケーキに移ったのを見てか、音楽が静かなものに変わる。リュシエンヌは思わずシャイエの手を離してベツィーのもとに駆けていき、後ろからはくすくすとシャイエの笑い声が聞こえたけれど、気にはしていられなかった。

「わたし、これをいただいてもいいのかしら？」

「もちろんです、リュシエンヌさまのためにご用意したのですから」

「本当に!?」

広場に据えられているテーブルの上に、ケーキが置かれる。侍女のひとりが驚くほど大きなケーキ用のナイフを取り出した。目にうつくしいこのケーキを切ってしまうのは惜しいと思ったけれど、侍女の手は屑《くず》も出さずにケーキを切り分け、そのひと切れはホールだったときよりもますます美味しそうに見える。

「どうぞ、おかけください」

目を輝かせているリュシエンヌに、にこにこと笑いかけながらベツィーは席を勧めてくる。

リュシエンヌはすとんと椅子に座り、するとケーキの香りだけではない、別のいい香りが漂ってくる。

「お茶？　なんだか……苺の香りがするわ」

「はい、乾燥させた苺を茶葉に混ぜておりますので」

「苺づくしね」

「リュシエンヌ姫は、ことのほか苺がお好きだと聞いておりましたもので」

歩いてきたのは、シャイエだった。彼はにこにこと、この茶会を喜んでいるリュシエンヌに微笑みを向けている。

「わたしのこと、なんでも知っているのね」

「ええ。ひと目で恋に落ちた、聖なる愛《いと》しの姫ぎみのことですから」

その言葉に、リュシエンヌの心には少し影が走った。聖なる——リュシエンヌはもう、聖なる存在ではない。目の前の男に穢された女なのだ。

ケーキが切り分けられ、香り高い茶が注がれ、沈んだままの心でそれを見ていたリュシエンヌは、目の前にシャイエが座ったことに気がついた。茶の湯気越し、彼は微笑んでリュシエンヌを見つめている。

「どうぞ、リュシエンヌさま」

手をかざして、シャイエはリュシエンヌを促す
「好きなだけ、おあがりくださいませ。お代わりもありますよ」

「そんなにたくさん食べられないわ……シャイエも食べて」

「もちろん、いただきますよ」

胸に影を宿していたリュシエンヌだったけれど、つついたケーキのかけらは今まで味わったことのない美味しさだった。沈んだ心など吹き飛んでしまうくらいの味に、リュシエンヌは大きく目を見開く。

「美味しい……」

「それは、よろしゅうございました」

自分も、華奢《きやしや》なフォークの先でケーキを崩しながらシャイエは微笑んだ。

「この苺はクランジューといって、こちらの地方でしか採《と》れないものです。召しあがったことのない味がすると思いますが？」

「甘いわ、とても」

ケーキの上の苺を口に運びながら、リュシエンヌは言った。

「でも、上品な甘さなの。甘すぎるということはないし……とても、美味しくて」

「厨房総出で、ことに念入りに焼いたものなのですのよ。リュシエンヌさまのお口に合えばいいと」

ベツィーが、得意げにそう言った。リュシエンヌは言葉を尽くして味を誉《ほ》め称《たた》え、ベツィーやシャイエは、満足げな笑みを浮かべた。

「こんなに美味しいと、食べすぎてしまうわ……」

「お好きなだけ召しあがればいいではありませんか」

シャイエは、唇についたクリームを舐め取りながらそう言う。

「なんなら、また新しいものを焼かせましょう。今度は、葡萄《ぶどう》の風味のものをいかがですか？」

「そんな……コルセットが入らなくなってしまうわ」

「コルセットなんて、気にすることはありません」

笑みを浮かべたまま、シャイエはリュシエンヌを見つめる。

「あなたは、もう私の花嫁なのですから。コルセットが入らなくなろうが、抱きあげることができなくなろうが、私はあなたを愛していますよ」

「そ、んな……」

自分が醜く太ってしまう想像と、すでにシャイエに体を奪われた事実が胸を交錯して、リュシエンヌはフォークを置いてしまう。

「どうしました？」

「……もう、いいわ」

侍女たちがざわつく。姫君の口に合わないものを作ってしまったと叱責される覚悟を決めたざわめきだ。リュシエンヌは、慌てて彼女たちを見た。

「美味しくないわけじゃないの……、ただ、食欲がなくなったの。それだけなの」

「ですが、先ほどまではあんなに喜ばれていたのに」

小さく、シャイエが咳払《せきばら》いをした。

「女性のことはよくわからないけれど、今まで楽しかったことでも急に気が向かなくなる……そんなこともあるんじゃないか？」

ベッツィーをはじめとした侍女たちは、ほっとしたような顔をしてシャイエを見た。シャイエはフォークを置いて立ちあがり、リュシエンヌのもとにやってくると手を差し伸べた。

「ケーキは、もういいでしょう。馬の用意をさせてあります。遠乗りに行きましょう」

「……あら」

つられるようにシャイエの手に自分の手を置き、立ちあがったリュシエンヌは目を丸くした。

「わたしが、馬を好きなことも知っているというわけかしら？」

「もちろんです」

姫ぎみをエスコートする、完璧《かんぺき》な仕草でシャイエはリュシエンヌを立ちあがらせた。

「リュシエンヌさまの愛馬は真っ白で、尾に栗色が混ざっていますね。似たような馬を探させました。乗り心地までは保証できませんが……」

リュシエンヌの手を取ったまま、シャイエは歩き始める。その足取りはゆっくりと、リュシエンヌの歩幅を気遣ったものだ。

「……あなたが選んでくれた馬なら、きっとわたしの気に入るわ」

「そう言っていただけるとは、光栄です」

シャイエはにっこりと笑って、リュシエンヌを促す。歩いていった先は自国でも嗅《か》ぎ慣れた藁《わら》と動物特有の匂いのする馬小屋で、どの国でもこの匂いは変わらない、とリュシエンヌは思った。

□

館の一室には盥《たらい》が置かれ、中には温かい湯が満たされている。

リュシエンヌは、立ちあがった。ざばっと音がして、温まった体の熱を逃がさないようにベツィーが布をかけてくる。丁寧に体を拭《ふ》かれ、盥から出た足の指までも拭かれてリュシエンヌは、ほっと息をついた。

「今夜のお召しものは、こちらで」

ベツィーがそう言い、かたわらの侍女が淡い水色の夜着を差し出してくる。あちこちにレースの縫いつけられた、かわいらしい意匠の夜着だ。

「リュシエンヌさまの、銀色の髪にとてもよくお似合いでございます」

「似合うも似合わないも、これからもう眠るだけなのに」

リュシエンヌが笑うと、しかしベツィーは笑みの表情を変えずにリボンを結ぶ。その顔つきにリュシエンヌは気づいたことを呑み込んで、にわかに指先にまで緊張が走るのを覚えた。

「それでは、失礼いたします」

湯浴みの後始末をしたベツィーたち侍女三人は、丁寧に頭を下げて部屋を出ていく。湯の残り香の中、リュシエンヌは整えられたベッドに座り込んだ。

(あの夜、わたしはおかしかった)

ため息とともに、リュシエンヌは考えに身を委ねる。

(いくら、突然攫われて……驚いたり気分が悪かったとしても、易々《やすやす》とシャイエに抱かれるなんて、おかしいわ)

ベッドの上にぎゅっと手を押しつけ、手の形がゆっくりともとに戻るのを見つめながらリュシエンヌはまた息をついた。

(なにか……あったはず。わたしがこんな体になって。もう……ほかの殿方のもとには嫁ぐことのできなくなったのは)

こんこん、と、音がして、リュシエンヌはどきりとした。ふわり、と漂ったのは花の香りだ。現れたのは花束を抱えたシャイエで、花はすべて白かった。

角灯《ランタン》の灯りの中、目に鮮やかなのは花の白と、彼がもうひとつの手に持っている籠だった。中にはグラスと赤いワインの瓶が入っている。あの夜、振る舞われたものと同じだ。

「ご機嫌いかがですか、姫」

「悪くないわ……」

あの、ワイン。甘くて美味だったけれど、それだけではないはずだ。シャイエは、ただリュシエンヌをもてなすためだけにワインを注いだのではないはずだ。

「そうおっしゃるわりには、怖いお顔をしていらっしゃる」

「その……ワイン」

テーブルの上に、花束とワインの瓶を置いたシャイエを指さして、リュシエンヌは言った。

「なにが入っているの？　普通の……ただ、楽しむだけのワインではないわね」

「愉しむための、ワインですよ」

シャイエは意味ありげな言いかたをした。そして手つきも鮮やかにコルクを抜くと、グラスを取って赤い液体を中に満たす。ひと口、自分で飲み下すとグラスを持ったままリュシエンヌに近づいた。

「あなただって、愉しい思いをしたいはずだ。これは、それを助けてくれる……」

「なにか……、入っているの……？」

シャイエの笑顔は濃くなった。酔いがまわったのだろうか。たったひと口で？　そうではない、リュシエンヌが推測している『なにか』が、彼を酒の成分以上に酔わせているのだ。

「媚薬《びやく》、というものをご存じですか」

やや、呂律《ろれつ》のまわらない調子でシャイエは言った。

「男も女も、気持ちよくなれる……薬、と言っては物騒でしょうか。体の芯から熱くさせてくれる花の成分ですよ」

「花……」

今や部屋の中から、湯の匂いは消え去っている。その代わりに満ちているのは、甘い花の香り。それは彼の持ってきた花束からなのか、それともコルクの引き抜かれたワインの瓶からなのか。

「ほら……あなたも、感じてきたでしょう？」

シャイエはグラスからひと口、口に含んだ。濡れた唇が近づいてきて、あ、と思う間もなくキスをされた。

「ん……、っ……」

流れ込んできたワインを、飲まないようにと唇をつぐむ。口の端から液体がしたたって、咽喉に、胸に、流れ落ちた。

「どうして、お飲みにならないのです……？」

「だ、って……こ、れ……」

それでも少しは口に入ってしまい、頭がくらりとした。

「媚薬、なのでしょう？　おかしなものは、飲みたくないわ……」

「ですが、あなたの体はこれを欲しがっているはずだ」

その言葉に返事をするように、どくりと胸が鳴った。リュシエンヌは目を大きく見開く。

そんな彼女にシャイエは微笑みかけて、もうひと口ワインを呷《あお》る。そしてグラスをかたわらに置くと、リュシエンヌの肩に手を置きベッドの上に押し倒してさらに深いくちづけをしてきた。

「ん、……、ん、っ、……っ……」

シャイエの舌がリュシエンヌの唇をこじ開け、ワインを注ぎ込んでくる。歯を噛みしめても隙間《すきま》から入ってくるワインは甘く芳醇《ほうじゅん》で、その味に酔わされてごくりと飲み込んでしまう。

「……く、ん、……、っ」

香りだけでも酔っていたというのに、そのものを飲んでしまってはリュシエンヌの体は陥落するしかない。

微かな喘ぎ声とともに、また新たなひと口を口移しに飲まされた。熱い液体が咽喉を通り過ぎていく感覚――リュシエンヌは大きく身震いし、たちまち指先までが熱くなっていくのが感じられた。

「あ、あ……、っ、……」

「あなたの体は、本当に敏感だ」

シャイエの声が、体中に響く。

「ほんの少しのワインで、こんなに……、そんな、悩ましい顔をして」

「最初のときも、こうやって……わたしに」

震える唇で、リュシエンヌは声をあげる。

「わたしに……媚薬を、盛ったのね」

「人聞きの悪い」

困ったような顔をして、シャイエは言った。

「すべては、あなたを愛してのこと。あなたがほしくて……たまらずにしたこと」

「わたしは、望んでいないわ……」

そう言いながらも、リュシエンヌは発熱したような体をもてあましている。腹の奥が疼いてたまらない。両脚の間からはぬるついた淫液が洩れ始めていて、もじもじと下肢をうごめかせるとそれをなだめるように腿の上をシャイエの手が這った。

「最初は望んでいなくても、今はそうではない。違いますか？」

リュシエンヌは、大きく目を見開いた。シャイエは微笑んでリュシエンヌの目もとに、甘いくちづけをした。

「ここも……ここも。今では、私を求めている。早くしてほしいとねだっている……違いますか」

「やめ、て……」

「あなたが素直になるまで、やめませんよ」

ちゅ、ちゅ、と音を立ててくちづけが下りていく。頬に、口もとに、そして唇に。甘いワインの味のするキスに、くらくらと酔っているのが自分でもわかる。

「もっとも、もう……体のほうは、素直に反応してくださっているようですが」

「っ、や……、っ……」

シャイエの手が腰にすべり、ベッィーの結んだリボンをほどく。しゅるり、という音はリュシエンヌの熱い体をさらに炎に包み、体中がかっと熱を帯びるのを感じた。

「音がするのが、聞こえますよ」

夜着は一本のリボンで結ばれているだけだ。それを抜き取ればリュシエンヌの体の表を覆うものはなくなり、張りつめた乳房と赤く充血している乳首をシャイエの目の前に晒すことになってしまう。

「あなたの、脚の間……私を期待して、待っている」

「や、め……、っ……」

シャイエの舌はリュシエンヌの唇を這い、形をなぞるように舐めあげて、そのまま顎をすべる。咽喉に、ちゅく、ちゅくと音のするくちづけを繰り返され、その敏感な部分が反応するがままに、リュシエンヌは声をあげた。

「ワインの味ではない……あなたの味を、味わわせてください」

彼のくちづけは鎖骨に落ち、中央のくぼみを舌先で抉られる。それだけで体がひくんと反応して、両脚の谷間がさらに潤ったのが感じられた。

「は、……、っ、……ぁ……」

シャイエの舌が、右の乳房にすべる。形をなぞるように舐めあげ、赤く染まっている頂点を吸いあげた。リュシエンヌが声をあげるのと、彼の左手が下肢にすべるのは同時だった。

「やっ……、っ……！」

露《あら》わになった下肢の茂みを、指先で梳かれる。同時にびりっと走った感覚は、すでに尖りきった秘芽に指が触れたからだ。下半身が大きく跳ねる。濡れた乳首に、ふっとシャイエの吐息がかかった。

「もう、これほどに感じている」

「いや……、っ、……」

「こちらも……、ほら」

彼の唇が、尖った乳首を吸いあげた。きゅっと込められた力に声が洩れ、同時に芽を引っかかれて全身が跳ねる。

「素直になって……？　私に、あなたの声を聞かせてください」

「や、……ぁ、あ……、っ……」

舌先がうごめき、乳首をいじる。同時に指が秘芽を擦って、双方からの刺激にリュシエンヌは身悶《みもだ》えた。

「だ、め……、っ、……」

腰を捩って逃げようとしても、シャイエが体重をかけてきて逃げられない。押さえ込まれたまま乳首を、芽を刺激され、頭の先までを貫く衝撃に耐えられない。

「や、ぁ……、っ、……、っ……！」

「ここも、こんなに尖らせて」

シャイエの指が、芽を摘まんで捏ねるようにする。すると秘所からはどっと蜜が溢れ出して、ぴちゃ、くちゅ、と音がするのが自分の耳にも届く。

「もっとしてほしい……？　もっと、深いところを……？」

「はぁ、あ……あ、ああっ！」

言いざま、シャイエはリュシエンヌの乳首を軽く咬む。衝撃に甲高い声があがり、その動物のような声にかっと頬が熱くなった。

「ここは、こんなに誘っているのに」

下肢の芽を摘まれたまま、蜜園を指が一本かきまわす。柔らかい襞が刺激を受け止めて震え、奥へといざなうのを自分でも感じ取ってしまう。

「中へ……、ねぇ。こちらも、尖って硬く……」

「ひぁ……あ、あ……、っ……！」

今度は、力を入れて乳首を咬まれた。なんでもないときにそのように噛まれれば痛いとしか感じないはずなのに、今はそれさえもが快楽だ。びりっと全身に刺激が伝う。つま先までが震えて、今ではリュシエンヌの体はどこに触れられても感じる敏感なかたまりと化している。

「どこに、触ってほしいですか?」

歯の痕を舐めあげながら、シャイエが言う。

「もっとも……今のあなたは、どこに触れてもその甘い声を聞かせてくださるのでしょうけどね……?」

「や……、も、う……、いや、な……の……」

嘘、とシャイエはつぶやく。乳首をきゅうと吸い立てられて、伝わる刺激に腰が浮き、突き立てられた指を深く呑み込んでしまう。

「嘘つきは、お仕置きですよ? あなたがもっと感じて、たまらなくなる……自分から腰を振ってねだるようになる薬を飲ませましょうか? あなたが男のものをほしがって、こちらでもくわえたいと望むようになるような……」

シャイエの指が、リュシエンヌの唇をなぞった。その指は、端からこぼれる唾液《だえき》をなぞり、猫でもあやすように咽喉をくすぐった。

「や、や……、っ、……、っ……」

「くすぐったいのも、感じるでしょう?」

なおも咽喉を爪先《つめさき》で引っかきながら、シャイエは言った。

「なんなら、足の指を舐めて差しあげましょうか? そこはそこで、たまらない快楽があるらしいですよ?」

「そ、んなの……、い、や……、っ……」

「あなたは、いや、ばかりですね」

呆《あき》れたような吐息が、濡れた乳房にかかる。その熱に肌が震えた。蜜を垂らす唇は閉じることを忘れ、絶え間なく喘ぎ声を洩らしている。

「嘘は、いけませんよ……？　中も、こんなに熱くて、いやらしい蜜を溢れさせて……もっともっとと、ねだっているのに」

「やぁっ……ん、っ、……」

ちゅくちゅくと乳首を吸われながら、挿り込む指が二本に増えた。膣内《ちつない》で拡げられ、その圧迫感に下肢が震える。ひやりとした空気に触れて、びくっと腰が揺れる。

「挿れてほしい……？」

乳首をくわえながら、シャイエがささやく。

「もっと、指を？　それとも……私を？」

「ひぁ……、っ、……」

脚に、硬いものを擦りつけられる。それが下衣越しのシャイエ自身であると気がついたリュシエンヌは、体中がかっと火照るのがわかった。

「どうしましょう……、リュシエンヌ姫」

秘所に突き込まれた指が、開いたり閉じたりを繰り返す。そのたびごとにそこは新たな蜜を流し、襞は震えてもっとと刺激を求めている。

「私自身も限界ですが……、あなたを先に、もっと気持ちよくして差しあげたい」

「な、っ……、や……、っ……」

どちらですか、と意地の悪い声が問う。

「挿れてほしい？　それとも、ここだけで……」

芽を摘まむ指に、力がこもった。ひっ、とリュシエンヌの掠れた喘ぎ声がこぼれる。

「達きたい？　女性だけが知る快楽を、味わいたいですか？」

「や……、どっち、も……、や……ぁ……」

同じところを執拗《しつよう》にいじられて、これは快楽なのかもどかしさなのかもうわからない――

体の熱はどんどんとあがっていって、もうなにも考えられないのに。

「どちらですか、リュシエンヌ……」

きゅっと乳首を吸い、指先では芽をいじり、中に挿った指は襞を拡げて、攻めあげられる
リュシエンヌは、ただただ悲鳴のような声をあげることしかできない。

「私に、教えて……？　どうしてほしいのか……どうされたいのか……」

「いぁ、あ……あ、ああ、あ……っ、……！」

乳首を吸い立てられる。秘芽を捏ねまわされる。内壁を擦られる。同時の強烈すぎる刺激
に体の熱はあがり、もうこれ以上は、と大きく身を震わせた瞬間に、それは来た。

「ああ、あ……、っ……っあ……ああ、んっ！」

頭の先からつま先までを貫く、痙攣。いきなり深い部分に堕《お》ち込んだかのような、目の前が真っ白になる強烈すぎる快楽――。

「……っあ、あ……、あ……、あ……」

自分がどこにいて、なにをしているのか、されているのか。いったいこの衝撃はなんなのか――味わうのは、初めてではない。しかし自分を惑わせる男が覚えさせたあの刺激とはまた違う、この甘美な情動は長く続き、白かった視界が徐々に色を取り戻すのと同時に、詰めていた息に噎《む》せた。

「……、あ……」

「大丈夫ですか」

覗き込んでくる漆黒の瞳には、したたるような欲が滲んでいる。達したばかりの体は、しかし彼の目を前に反応した。もうこれ以上はないと思ったのに、体の奥からじわりと熱いものがこみあげる。どくん、と跳ねたのは愛撫を求めて拍動している左胸にある器官ではない。

「だ、め……、な、の……」

震える声で、リュシエンヌは言った。

「これ、以上……、だ、め……」

「なにをおっしゃっているのですか」

うわごとのようなリュシエンヌの声に、叱咤の言葉がかかった。リュシエンヌは、ひくんと体を震わせる。

「こんなに、体を蕩けさせて……私に、あなたを味わわせてくださらないつもりですか」

「いぁ、あ……あ！」

ぐちゅん、と突き込まれる指が三本に増えた。それは蜜を垂れ流す秘所を音を立ててかきまわし、絶頂が貫いたばかりの体を再び翻弄《ほんろう》する。

「や、……ぁ、あ……あ、あ、ああ！」

「ここが、先ほどよりも絡みついてきますよ？」

シャイエの声が、耳孔《じこう》にねっとりと注がれた。

「ほら……指が、痛いくらいだ。それでいて、こんなに蜜をこぼして」

「つあ、あ……あ、っ、あ……」

「あなたには、ほしいという言葉を覚えてもらわなければいけませんね……」

指は根もとまで突き込まれて、それらが中でてんでにうごめく。蜜の滲む内壁は爪の硬さと同時に、指紋まで感じ取れるのではないかというほどに敏感になっていて、少しの刺激が体中を貫く快感を生む。

「あなたの体は、こんなに素直なのに。どうしても、いやとおっしゃる」

「だ、ぁ……、っ、て……、っ、……」

ほしい、だなんて。そのようなことが言えるはずがない。自分でもわからない感覚に深く堕ちて、頭の中をとことんまでかき乱されて、それでも心の隅にある羞恥心がその言葉を形にすることをためらわせる。

「素直でないあなたには……、お仕置きです」

艶《なま》めかしい声でそう言って、シャイエはリュシエンヌの濡れた体から離れる。彼の舌を、指を、重みを失ってリュシエンヌは、はっとした。涙のしたたる目を見開くと、自分の下衣に手をかけているシャイエの姿が目に入る。

「な、に……」

先日もそうされたように、蜜壺《みつつぼ》に彼自身を突き込まれるのだろうか。あのときのぴりっとした痛み、そして全身を貫いた衝撃――それを思い出して震えるリュシエンヌは、シャイエが自分の体をまたぐのを見て息を呑んだ。

「なに、を……？」

どういうふうに体重をかけているのか、圧迫感はない。しかし乳房は彼の腿に押されて形が歪《ゆが》み、そして口もとには、赤黒く血管の浮いた男の欲望が突き立てられる。

「ん、……く、っ……！」

反射的に開いたリュシエンヌの唇に、それが挿り込んできた。熱くて太いものをくわえさせられて驚愕するものの、それはリュシエンヌの唇の柔らかさを愉しむようにじゅく、じゅく、と前後した。

「吸ってください……きゅっと。頬に、力を入れて」

はっ、と乱れた吐息とともにシャイエは言う。

「舐めて……あなたの、柔らかい舌で」

「く、ぅ……、ん、……、っ、……」

その先端が咽喉に触れ、思わず嘔吐《えず》く。欲芯はすぐに引き抜かれたけれど、咽喉に流れ込む濃い粘液にリュシエンヌは噎せた。

「けほ……、っ……、っ」

「ああ、申し訳ありません」

そう言いながら、男は腰を揺らした。口の中には粘液が流れ込み、咳《せ》き込《こ》みながらも飲み込むと、シャイエは低い声を洩らす。

「このようなこと……、初めてでしょうに」

「っ、……ん、っ、……！」

「あなたは巧みに、私を追いあげる」

口の中に突き込まれ、引き出され、また突かれる。リュシエンヌの舌が、唇が、頬の内側がそれを擦り、男の欲望はますます大きく育っていく。

「これほどに、心地よいのは……、あなたの、ここと同じくらい……」

「ん、ん、っ！」

シャイエは後ろ手にした手の指を、濡れそぼっている秘所に突き込む。ぐちゅぐちゅとかきまわされて、びくびくと下肢が跳ねた。しかし体の上に乗っているシャイエの体重のせいで身を捩ることはできず、刺激をまともに受け止めてしまう。

「もっと、舐めて……舌を絡めて？　きゅっと吸って……」

「ひぅ、……、っ、……！」

彼の言うとおりにしないと、この責め苦は終わらないのだろう。リュシエンヌは懸命に、口腔《こうこう》を犯す欲芯を舐めた。言われるがままに吸って、流れ込む淫液を啜りあげる。呼吸がうまくできなくて、その苦しさに顔が熱くなる——しかしその熱が奇妙な心地よさを生むのはなぜなのだろう。

「くぅ……ん、……っ……」

欲芯は口腔を行き来する。じゅく、じゅく、と彼の淫液が音を立て、それもリュシエンヌの体の熱をあげた。いつの間にかリュシエンヌは口にしたものを舐めしゃぶり、欲液を啜って先端を舌先でくすぐり、全体を唇で擦り立てている。

「あなたが、そんなに積極的に……」

はっ、と色めいた息を吐きながら、シャイエは言った
「私を……、してくださっているところを見ると、ますます滾《たぎ》りますね……」

掠れた声とともに、彼は腰を前後させる。咽喉奥を突かれてまた嘔吐きそうになり、しかしそれすらもが心地よい。咽喉を鳴らしながら彼を呑み込み吸いあげ舐め、その太さと硬さ、熱に翻弄されて目の前が白く染まり始めたとき。

「……あ、っ、……？」

どくん、と口腔で跳ねた彼が、ずるりと出ていく。思わず舌で追いかけて、触れた先端から溢れた熱に、リュシエンヌは目を見開いた。

「ひ、ぅ……、っ、……、ぅ」

鼻から口もとにかけて、熱いものがかけられる。勢いよくリュシエンヌの顔を汚した粘着質のものがなんなのか、最初はわからなかった。

「ああ、申し訳ないことを」

はぁ、と乱れた息をつきながら、シャイエは言った。

「あなたの、うつくしい顔を汚してしまいましたね……」

シャイエが顔を寄せてくる。唇を、頬を、鼻先を舐められる。リュシエンヌも荒い呼気を吐いていて、なにが起こったのかわからないままにも淫らな気分だけが昂《たか》ぶっていく。

まるで動物のように、シャイエはぺろぺろとリュシエンヌの顔を舐めた。それに粘ついたものが彼の欲液で、彼がリュシエンヌの顔に射精したのだということがわかった。

「や、っ……、……」

「じっとして」

リュシエンヌの唇に何度も舌を這わせながら、シャイエは言った。

「美味いものではないですね……自分の、ものなど」

そう言いながら、シャイエは唇を重ねてくる。彼の舌が、すくい取った精液をリュシエンヌの口腔に流し込み、リュシエンヌはごくりと咽喉を鳴らす。

「あなたにとっては、どうですか……？　男の欲望を、美味《うま》いと思ってくださいますか？」

「あ、の……、ワイン、みたい……」

浮かされたように、リュシエンヌはつぶやいた。

「なんだか……、くらくら、するわ……」

「あのワインは、私も美味だと思いますけれどね」

シャイエは体を起こしながら、眉をひそめて見せた。その表情がおかしくて、リュシエンヌはくすりと笑う。するとシャイエは目を見開き、それにリュシエンヌはますます笑った。

(不思議だわ……)

無理やりこの身を犯した男なのに、その彼が自分の精液が不味《まず》いと顔を歪めるなど、その妙に子供っぽい仕草に、心がふと柔らかくなった。

苦い顔をしたまま、シャイエは濡れた唇を舐める。

「しかし、やはり甘いのは……美味いのは、あなたの蜜……」

彼は、リュシエンヌをまたぐ体勢から寄り添う格好になり、閉じたリュシエンヌの両脚の間に指を伸ばす。はっ、とリュシエンヌは息を呑んだ。

「あなたのここがどうなっているか、触れさせてください……あなたの温かさも、蜜の味も……」

「や、ぁ……、っ……」

下肢の茂みを指先で梳かれ、思わず脚を開いてしまう。ちゅくり、と音がして、同時に挿り込んできたのはシャイエの指だ。すでに慣らされたそこは容易に指を呑み込み、くちゅくちゅと音を立ててかきまわされる。

「こんなに柔らかいのなら……、すぐにでも、挿りますね」

そこを拡げるように、内壁をかき乱しながらシャイエはささやいた。

「放ったばかりなのに……、これほど、あなたがほしいのは」

「ひ、ぅ……、っ、……」

「あなたが、魅力的すぎるからいけない」

シャイエの手はリュシエンヌの腿の裏をすべり、膝を抱えて大きく開かせる。ひやりとした空気が熱い液に濡れそぼる秘所に入り込んで、リュシエンヌは大きく身震いした。

「あなたが……この、体で……私を魅了するのがいけない」

「そ、んな……、っ、……」

大きく脚を開かされてしまう。秘奥はくぱりと口を開け、ひくひくと突き込まれるものを待っている。

「や……、ぁ……、あな、た……も……」

リュシエンヌは手を差し伸べる。目をすがめたシャイエのシャツの襟もとに手をやり、無理やりに開こうとした。

「脱、いで……？　わたしだけは、いや……」

ふっ、とシャイエは微笑む。彼はリュシエンヌの手を包み込むと、離させる。そして自らシャツのボタンを外し始めた。

「あ、あ……」

現れたのは、彫像のような体だった。ほどよくついた筋肉、浅黒い肌。張った胸筋の上にぽつりと浮かぶ乳首さえもリュシエンヌの目を奪って、思わずごくりと唾を呑んだ。

「男の体を見るのは初めてですか？」

「お兄さま、の……なら……」

浮かされたような声でそう言うと、シャイエは大きく眉をひそめた。

「あなたの国では、兄妹とはいえ肌を見せ合うのですか？」

「……幼いときの話だわ」

リュシエンヌの言葉に、シャイエは笑った。そのまま下衣も脱ぎ去って、ふたりは裸で向き合い、シャイエは濡れた唇を寄せてくる。

「幼いときなど、ものの数には入りませんよ」

ちゅく、と音のする淫らなキスを繰り返される。微かに残るワインと、飲み込まされたシャイエの精液と、そして彼の唾液の味のするくちづけはリュシエンヌを酔わせ、いつの間にか彼女の脚はシャイエの腰に絡みついていた。

「では……、わたしが知っているのはあなただけだわ」

彼の欲液の味を知ったことで、心までもが近づいた気がする。顔にかけられるなんて屈辱的なことであるはずなのに、自分を攫ったこの男のことをもっと知りたいと思い始めている。その理由もよくわからないままに、シャイエを抱き寄せる。彼は驚いたように、息を呑んだ。

「あ、……、っ、……」

大きく開いた脚の間に、先ほどまで口腔を犯していた熱が触れる。ひくん、と花びらが震えて蜜を流した。じゅくりと音を立てながら、彼自身が挿り込んでくる——リュシエンヌは身を反らせ、すると尖った芽がシャイエの下生えに擦れて、思わぬ快楽が身を貫く。

「ひぁ、あ、ああっ！」

腰が跳ねるのと同時に、蜜口の襞が拡げられる。濡れて柔らかい襞は挿ってくる楔を受け止めて熱く疼く感覚を呼び起こす。

「……っあ、あ、……あ、あ……！」

　蜜園は押し拡げられて痙攣し、それは空《くう》を泳ぐつま先にまで伝わった。ひくひくと腰を震わせながらリュシエンヌは少しずつ、焦らすように挿入される熱杭を受け止める。

「は、ぁ……、っ、……、っ、……」

　のしかかってくる重みが、心地よい。目を開けて見あげると、黒い瞳と視線がかち合う。ふたりの唇は吸い寄せ合うように触れ合って、くちづけながら結合が少しずつ深くなっていく。

「ん、……、っ、……、っ……」

　内壁は男の欲望に絡み、奥へ奥へと誘っている。リュシエンヌが腰を捩ると擦れる部分が変わってまた蜜が溢れ、繋がった部分がぐちゃりと音を立てる。

「や、ぁ……、っ、……」

「まだ、いやだとおっしゃる？」

　唇を重ねたまま、シャイエがつぶやいた。声の振動さえもが敏感な体には響いて、リュシエンヌは身を震わせた。

「ち、が……、や、なん、じゃ……」

　欲に満ちた男の顔が、目の前にある。したたる情欲を隠しもしない男の姿がこれほどに魅惑的だと感じたのは、初めてだった。今まではただ無理やりに押し倒されていたのに、今は彼を受け止めたい気持ちでいっぱいだ。

「いやでは、ない？」

不思議そうにシャイエが問うた。リュシエンヌは、こくりとうなずく。

「あ、なたを……」

もっと、知りたい。そう言おうとした口はくちづけに塞《ふさ》がれ、大きく腰を突きあげられる。

「いぁ、あ……あ、あ、あ！」

肉杭が、濡れ襞を擦りあげる。最奥まで届いたそれはリュシエンヌのもっとも感じる部分を突き、堪えきれない嬌声が洩れる。

「は、っあ、あ……あ、ああっ！」

「……っ、ん、……、ぅ、……」

リュシエンヌはシャイエにしがみつく。彼の裸の背に爪を立ててしまったかもしれない。しかしそのことに思い及ぶ余裕はなかった。楔は深くまで挿り、浅くまで引き抜かれ、また深くを突く。肉芯の硬さが蜜襞を擦り、その刺激もまたリュシエンヌを惑わせる。

「ひぁ、あ……あ、ああん、っ、っ、……！」

彼が腰を振り立てるたび、赤く腫《は》れた芽も彼の下生えに擦られて快感となる。くちづけに塞がれた呼吸は自由にならず、息苦しさが快感をより高めていく。

「っ……ふ、……ぁ……、ああ……ん、っ……」

ずちゅ、ぐちゅ、と繋がった部分が淫らに音を奏《かな》でる。それにも煽られてリュシエンヌは声をあげ、彼の腰に絡めた脚に力を込めた。

「リュシ、エンヌ……っ……」

するとと彼を受け挿れた箇所にも力がこもり、ふたりの結合はより強くなる。体の奥にある熱く燃える炎を刺激されて身悶え、するとシャイエも大きく震える。その身震いが体の芯を揺らめかせ、ふたりは絡み合う喘ぎをあげ続けた。

「ああ……、シャイエ、っ……、っ」

ずく、ずく、と内壁を擦られる。蜜口は限界まで拡がって、それがたまらなく心地よい。もっととねだるように腰を揺らし、するとシャイエも応えて奥を突きあげてくる。

「もう、……、だ、め……、っ……」

自分でも意識しないままに、リュシエンヌはそう叫んでいた。

「だめ……、達く……、っ、……」

「ああ、リュシエンヌ姫……私、も……」

ずん、とことさらに強く突かれ、悲鳴があがる。目の前が白く霞んでいく――がりっとシャイエの背に爪を立て、大きく背を反らせたリュシエンヌは、体の中心を貫いていく感覚に身を委ねた。

「ああ……、っ、あ……、あ……ああっ……！」

「く、っ……」

体の奥で、熱いものが弾ける。腹の中が熱く焼かれる。その情動にまた声があがり、びくびくっと震えながら、リュシエンヌは達した。

「……っあ、あ……、あ、……っ」

どろり、と繋がった部分から蜜が垂れ流れる。それが接合をさらに深くし、これ以上はないと思った快感が大きくなった。それはリュシエンヌの体の中で業火《ごうか》のように燃えあがり、体内を炙《あぶ》られて声が洩れる。

「っあ、……あ、あん……、っ、……」

「リュシエンヌ、姫……」

そうささやかれて、ちゅく、ちゅくと唇を吸われた。それがくすぐったくて笑うと、キスはますます深くなり、互いを追いかけるように舌が絡まって、吸い立てられる。

「あ、も……、っ、……」

「いけません」

逃げようとしたリュシエンヌを、シャイエは追いかける。両頬に手を添えられ、なおも唇を、舌を吸われる。

「あなたのすべては、私のものだ」

くぐもった声は、しかしはっきりと耳に届いた。

「あなたは、私のもの……私だけの、姫」

「シャイエ」

彼のくちづけに応えながら、リュシエンヌはささやく。

「この名前は……偽名ね。本当は、なんというの?」

ちゅくん、と音がして、くちづけがほどかれる。シャイエの黒い瞳がじっとリュシエンヌを見つめ、そして彼の濡れた唇は、ある名を綴る。

それは確かに記憶にある、隣国の王子の名前だった。

第三章　血の匂いの抱擁

この館がリュシエンヌの住まいになってから、幾日ほど経っただろうか。

シャイエは毎日リュシエンヌのもとを訪れ、身を重ねることにも慣れた。ベッツィーをはじめとした侍女たちは皆リュシエンヌを主《あるじ》と丁重に扱い、不自由なことはなにもない。

「……お兄さまが、心配してらっしゃるわ」

その夜、リュシエンヌはぽつりとつぶやいた。

「お父さまも、お母さまも。みんなが心配しているわ……」

「しかし、私はあなたを手放せない」

目の前では、ぱちぱちと炎が燃えている。このような小さな屋舎《おくしや》には大きすぎるほどの暖炉は、ちょうどいいぬくもりをくれている。その前に並べたふたつの椅子に腰掛けたふたりは寄り添い、その手には湯気のあがるカップがあった。

「あなたもご存じのように……隣国ながら、あなたのお国と我が国は友好的とは言いがたいのです。あなたを手放してしまえば、もう二度と会えない……」

そう言ってシャイエは、リュシエンヌの額にくちづける。彼の本名を知った今でも、リュシエンヌは彼を『シャイエ』と呼んだ。本名を呼ぶと彼との距離が遠くなってしまうような気がしたからだ。

「そのようなことは、耐えられません。両国の情勢を考えても、あなたを正式に私の妃《きさき》として迎えることもできない。しかし……あなたなしでは、私は、もう」

「それは……そうだけれど」

シャイエを愛しているとは言えないけれど、しかしリュシエンヌも離れがたいほどには彼の愛情を受け取っている。これほどにまで愛されて、夜の快感を教え込まれて、感情がまったく動かないということはないだろう——しかし家族への思いを天秤《てんびん》にかけるとなると、話は違った。

「でも、もう何日も行方不明だなんて……いくら書簡を送ったとはいえ、心配なさってるわ。せめて、あなたと一緒にでも顔を見せて……」

「いっそ、あなたは死んだと諦めてくれればいいのに」

リュシエンヌを抱き寄せて、シャイエは言った。

「あなたに似た体格の女の死体を、手に入れようか。顔をつぶして、あなたは崖《がけ》から落ちたとでもいうことにして」

「恐ろしいことを言わないで！」

彼の腕の中で、ぶるりと震えてリュシエンヌは言った。

「そんな、恐ろしいこと……それにわたしは、死人になる気はないわ。ちゃんと元気に、お父さまとお母さま……お兄さまのもとに、帰るの」

「あなたの家族にさえ、私は嫉妬《しっと》する」

なおもリュシエンヌを強く抱きしめたまま、シャイエは言った。

「あなたに、媚薬などではない……記憶を失う薬を飲ませられたらいいのに。あなたがすべてを忘れて……私のことだけを考えるようになればいいのに」

「そんな薬があるの？」

ぎょっとして、リュシエンヌは声をあげた。返ってきたのは、シャイエの苦笑いだった。

「そんな、都合のいい薬があるはずがありません。媚薬だって、効く者と効かない者がある。あなたは……とても、敏感だから」

かあっ、と頬が熱くなる。そんなリュシエンヌにシャイエは微笑みかけ、今度は頬にキスをした。

「妖《あや》しげな魔術師の中には、記憶を奪う術を心得ていると言う者もいます。しかしあなたを危険な目には遭わせたくない。あなたがあなたでなくなってしまうようなことがあれば、それこそなにもかもが無意味になってしまう」

「媚薬は、飲ませたくせに」

「これは、我が国に伝わる秘術……妖しいものではない、国が正規に認めているものです」

「媚薬を？」

リュシエンヌが驚いた声をあげると、シャイエはいたずらめいた微笑みを浮かべた。

「放っておけば、それこそ妖しげなものが蔓延《はびこ》りますからね。それなら、体には害がないと証明されたものを正規に扱ったほうがいい」

「それに、わたしは虜にされてしまったというわけね」

「私の虜に、とは言ってくださらないのですか？」

リュシエンヌは顔をあげる。角灯と暖炉の炎に、シャイエの黒い瞳が浮かびあがっている。じっと見つめてくる彼は、手を伸ばした。リュシエンヌがびくりと震えると、シャイエは苦笑する。

「媚薬などなくとも、私に堕ちたと……私を愛してくださっていると、言ってはくださらないのですか？」

「……わからないわ、そんなこと」

なんと反応していいものかわからず、リュシエンヌはかたわらに視線を逃がす。シャイエは伸ばした手でリュシエンヌの持っているカップを取り、自分のそれと一緒にそばのテーブルの上に置いた。

「私の想いを、わかってください」

シャイエの腕の中に、抱き込まれる。優しく何度も髪を撫でられる。

（お兄さまの、手……みたい……）

リュシエンヌの銀髪を撫でるシャイエの手は、どこか兄を思い起こさせる。大きな手、節の目立つ長い指。撫でる力の込めかたも兄に似ていて、こうされるたびにリュシエンヌは郷《きょう》愁《しゅう》の念に駆られるのだ。

（だから……シャイエのことがいやじゃなくなったのかしら？）

この男に攫われ、奪われたのだ。心の底から憎んでもいいはずだ。しかしこうやって抱きしめられて、頭を撫でられて、安堵するというのは。

（お兄さまに、似てるから。お兄さまみたいだから……）

最初のきっかけはともかく、リュシエンヌはいずれシャイエを愛していたかもしれない。兄に似ているから――兄とは情を交わすことなどできないのだから、どこか兄に似ているこのシャイエを――。

（なにを考えてるのかしら、わたし）

シャイエに愛撫されながら、リュシエンヌは苦笑した。どこまで自分は兄を慕っているのだろう。シャイエを兄に重ねるなどと、それぞれに持つ感情はまったく別のものだというのに。

「リュシエンヌ姫……？」

自分の思いにふけっていたリュシエンヌは、名を呼ばれてはっとした。なんでもない、と言おうとしたとき。

――しゃらん。

(鈴……?)

リュシエンヌとシャイエ、ふたりは同時に部屋の扉を見た。ベツィーでも来たのだろうか。しかし夕食のあと、退席するように言ったはずだ。緊急の用事だろうか。狼避《よ》けの鈴を持って、現れたのだろうか。

「誰だ」

鋭い声で、シャイエが言った。しゃらん、とまた鈴の音がして、シャイエは立ちあがる。リュシエンヌは隠れるように彼の後ろに立った。

激しく鈴の音がして、扉が開く――鳴っていたのは、扉につけられた鈴だったのだ。月明かりもない外、侵入してきた人物の持っている松明《たいまつ》があまりにも明るくて、リュシエンヌの目の前が真っ白になった。

「リュシエンヌ……!」

小屋に、声が響いた。リュシエンヌは驚きに大きく大きく目を見開く。

「お兄さま!」

そこにいたのは、兄のヴァランタンだった。リュシエンヌと同じ銀色の髪を乱し、ぜぇぜぇと荒い息を吐いている。

「ここにいたのか……、リュシエンヌ」

「お兄さま、なぜここに！」

リュシエンヌは駆け出そうとした。しかし阻むものがある。見ればそれはシャイエの腕で、リュシエンヌがヴァランタンのもとに駆けるのを遮っている。

「シャイエ！」

「シャイエだと……？　つまらない、偽名を」

吐き捨てるようにヴァランタンは言った。

「一国の王子が、人攫いか？　あんな書簡で、リュシエンヌの無事を信じられるとでも思ったか！」

「リュシエンヌ姫は、私のものです」

はっ、とヴァランタンは息を吐いた。ここまで馬を飛ばしてきたのだろう、乱れた呼吸を整えると、一歩シャイエに近づいた。

「くだらないことを」

ヴァランタンは手を伸ばす。シャイエのそれと似た大きな手が、彼の襟首を摑んだ。シャイエがぐっと苦しげな息を洩らす。

「リュシエンヌが、誰のものだと……？　ふざけたことを聞かせるな」

「私のものです。リュシエンヌ姫の純潔は、私のものですから」

「シャイエ！」

リュシエンヌは悲鳴をあげた。ヴァランタンの、水色の目が見開かれる。彼はシャイエを摑みあげた手に力を込め、シャイエは激しく咳き込んだ。

「貴様……！」

ヴァランタンがこれほど怒りに身を任せているところなど、見たことがない。彼の持っている松明が、床に落ちた。それをひと足で踏みつぶすと、ヴァランタンはシャイエを突き飛ばした。

「……ぐっ！」

シャイエはベッドの枠に頭をぶつけて、床に転がった。ぐったりとして動かなくなったシャイエに、リュシエンヌは思わず駆け寄る。

「シャイエ、シャイエ！」

「そいつをかばうのか、リュシエンヌ」

低い、ヴァランタンの声が聞こえた。リュシエンヌはヴァランタンを見、自分と同じ色をした瞳が燃えあがっていることにぞくりとした。

「かばうなどということではありませんわ。倒れた人を……放ってはおけないではありませんか」

「純潔を奪われたというのは、本当か」

どきり、と大きく胸が鳴った。リュシエンヌはどのような表情をしていたのか、ヴァランタンの怒りの炎がなお大きく燃えあがり、彼の右手が左腰にすべるのをリュシエンヌは見た。

「お兄さま！」

完全には消えていない松明、部屋の隅の角灯、そして暖炉。小屋の中の灯りすべてを反射して光るのは、鋭く研《と》がれた長剣だった。

「お兄さま、なにを……」

どくん、と大きく心臓が鳴る。シャイエが起きあがり、剣を見て素早く腰に手をやる。

シャイエが腰に佩《は》いていたのは、短剣だった。どうあってもシャイエには分が悪い。そしてリュシエンヌは、ヴァランタンの剣の腕のほどを知っていた。

「笑止！」

炎を受けて光る刀身に、ヴァランタンの顔が映る。

「その程度の武器で、リュシエンヌを守ろうとでもいうのか。ここいらは、狼が徘徊するというのに、そんなおもちゃで……油断したものだな、シャイエ」

皮肉たっぷりに偽名であるとわかっている『シャイエ』の名を口にしたヴァランタンは、大きく剣を振りかぶった。まっすぐにシャイエめがけて落ちた剣は、彼の短剣に受け止められる。かんっ！　と鋭い音が鳴り響いた。

「ぐ、……、っ、……」

しかし、シャイエの短剣では同じような体格のヴァランタンが振り下ろす長剣の重さには敵《かな》わないだろう。それをわかっていて、ヴァランタンも引くことなく剣に力を込めているのだ。

「つまらない抵抗は、やめろ」

低い声で、ヴァランタンは言った。

「ひと思いに殺してやる。痛みは一瞬だ、安心しろ」

「できる、か……、っ……！」

シャイエが唸《うな》った。彼はまだ短剣で剣を受け止めていて、しかしそれが弾き飛ばされるのは時間の問題だということがリュシエンヌにもわかる。

「やめて、お兄さま……」

「なぜ、この男をかばう？」

視線だけをリュシエンヌに向けて、ヴァランタンは声をあげる。

「この男が、おまえになにをしたか。私にわからないとでも？」

「そういう意味ではありません……！」

手を出すこともできず、ただおろおろとリュシエンヌは言った。

「人を殺《あや》めるなんて……神が、お許しにはなりません！」

「殺められるだけの理由が、この男にはある」

なおも刃《やいば》を合わせたまま、ヴァランタンは厳しい口調でそう言った。

「それとも、おまえはそうは思わないというのか？　この男の命乞《いのちご》いを？」

「わ、たし……は……」

リュシエンヌを攫い、純潔を奪った男だ。ヴァランタン以上に、リュシエンヌは彼を憎むべきだ。しかしこのまますみす殺されるのを見ているわけにはいかない。殺人など、神が許さない――リュシエンヌをためらわせているのは、それだけだろうか。兄が殺人者になることを恐れているのか、それとも――。

「おまえが迷っているのなら、ますます生かしてはおけない」

しゅっ、と音がしてヴァランタンが剣を引いた。シャイエは均衡《きんこう》を崩して床に転がり、次の瞬間リュシエンヌの視界には強烈な光が走った。

「きゃ――！」

思わず目を覆う。耳に届いたのは、ざしゅっという生々しいいやな音。続けてシャイエの呻き声が聞こえた。

「シャイエ……！」

懸命に視覚を取り戻そうとする。白く光って見えない目を擦り、大きく瞼を見開いたリュシエンヌの瞳に映ったものに、悲鳴をあげた。

そこには、胸に一閃《いっせん》深々と剣を受けたシャイエの姿があった。その手から、短剣が転がり落ちる。それを追いかけるように、噴き出す真っ赤な血が流れる。

「シャイエ……、っ、……」

「それは、その男の名ではない」

血に染まった剣を振り、握りしめたヴァランタンは冷静な声で言った。

「知っているのだろう？　その男は、この国の第三王子。おまえを奪い、純潔を奪った男」

憎しみを隠すことなく、ヴァランタンは言った。

「斬っても、なお飽き足らぬ……骨の髄《ずい》まで斬り裂いて、魂をも消滅させてやらねば気が済まぬ……！」

悪鬼のようにそう叫びながら、床に転がるシャイエの体に何度も長剣を突き刺した。鋭い剣の痕から血が飛び、雨のように散って部屋の中を濡らす。リュシエンヌのドレスにも、まるで模様のように赤い痕がちりばめられた。

「死ね……、神の御許《みもと》にゆくことも許さぬ……、妹を、穢した畜生が……！」

「おにい、さま……、っ……」

肉を断る音が断続的に響く。飛び散る血で真っ赤に染まったシャイエの生死のほどはリュシエンヌにはわからなかったけれど、彼の体は傷だらけで、もう呻き声さえ聞こえない。シャイエはヴァランタンのなすがままで、まるで真っ赤なぼろきれのようにそこにあった。

「もう、やめて……！」

リュシエンヌは叫んだ。

「シャイエは、充分に報いを受けました……お兄さまが、それ以上手を汚されることはありません……」

ざくり、と粘ついた音とともに、ヴァランタンは剣を止めた。はぁ、はぁ、と肩で息をしている。シャイエの顔は血にまみれて、その見開いた瞳からは光が失われており、投げ出された指はぴくりとも動かず。その体からは魂が抜け出してしまっているのだろう――リュシエンヌの目にはそう映った。

シャイエを断り裂いた剣を投げ捨て、ヴァランタンはリュシエンヌのもとに歩み寄る。彼の血まみれの手が伸ばされてリュシエンヌの背中にまわり、血腥《ちなまぐさ》い抱擁《ほうよう》が交わされた。

「おまえが充分だと言うのなら、ここまでにしておいてやろう」

兄の腕の中で、リュシエンヌは震えた。飛び散った血でリュシエンヌ自身も腥い匂いを放っていたが、ヴァランタンはそれ以上に濃い血の匂いを漂わせて妹を抱きしめる。

「心臓を断り裂き手脚を落として……蘇ることなどできないまでにしてやらねば気は済まぬが……おまえが、そう言うなら」

「お兄さま……」

リュシエンヌは震えた。兄に抱きしめられるのはもちろん初めてではなかったけれど、これほど力強く腕をまわされ、痛い、と恐怖までを覚える抱擁は経験がなかった。

「帰ろう。私たちの国へ」

妹を抱きしめたまま、ヴァランタンは言った。

「おまえを、もとのようにうつくしくしてやる。あの男のことなど……忘れさせてやる」

ヴァランタンは片腕をほどき、リュシエンヌの顎を掴む。そして噛みつくようなくちづけをしてきた。

「ん、っ……、っ……」

息ができない。血の匂いに噎せる。リュシエンヌはヴァランタンのくちづけから逃げ、激しく咳き込んだ。

「私から、逃げるつもりか？」

唇はほどいたものの、なおも強く妹を抱きしめたままヴァランタンは声をあげる。

「体を穢されて……心まで穢されたか？　おまえは、もう私の妹ではなくなったのか？」

「そういうわけではありません、お兄さま……」

けほけほと咳をしながら、リュシエンヌは言いつのった。

「違います……わたしは、お兄さまをずっと待って……」

「ああ」

再びのくちづけは、優しく吸いあげるものだった。湧きあがる血の匂いの中、壊れものでも扱うように唇をそっと押しつけられ、リュシエンヌは深い息を吐いた。

今までの激しさを忘れたかのように、ヴァランタンの抱擁は優しいものになった。リュシエンヌを守り、慈しむように抱きしめてくる。

「悪かった……私が悪かったのだな、すべて」

「いい、え……」

「いや。おまえから目を離し、ひとりにした。ここを探し出すのに時間がかかった。すべて、私の落ち度だ。それなのに、おまえを責めるような真似を……」

「いいえ、いいえ……お兄さま」

自分から兄に抱きつき、唇を押しつけ返しながらリュシエンヌは訴えた。

「お兄さまの落ち度ではありません。わたしが……わたしが、いけなかったのですわ。みすみすシャイエに攫われて……そして」

そして、彼を愛してしまって。あまりに衝撃的な出来事に、動いてしかるべき感情が動いていなかった。ただただ驚愕し駭然《がいぜん》としていた心が、次第に悲しみに塗りつぶされる。兄に抱きしめられくちづけられながら、リュシエンヌの目からは涙がしたたった。

「……そうか」

ヴァランタンは、その涙を舐め取る。強い力で、しかし優しく妹を抱きながらその耳もとで低くささやいた。

「それでは、ますますおまえを……もとのようにうつくしく、清純に、清めてやらなくてはなるまいな」

「お兄さま……？」

抱きしめてくる腕はますます強く、リュシエンヌは身じろぎすることもできない。ヴァランタンはなにかを決意したかのように瞳の奥に炎を燃え立たせている。それはシャイエを斬ったときとは違う色で、それを目にしたリュシエンヌはぞくりとした。

「なにを……お兄さま？」

「しがみついていろ、リュシエンヌ！」

そう叫ぶと、ヴァランタンはリュシエンヌを肩に抱えあげた。驚いて目をみはると、血まみれになって倒れているシャイエの衣《ころも》の裾に、ヴァランタンの落とした松明の焼け残りが火をあげているのが見えた。

「火が……！」

「このような館、焼けてしまえばいい！」

暖炉でも火が燃えているのだ。シャイエの体が火葬されるのは時間の問題だろう。死んだうえに、火に焼かれるなんて——なんと、憐れな。しかしリュシエンヌにはどうしようもなかった。ヴァランタンは強い腕でリュシエンヌを抱きあげたまま表に出ると、見慣れた黒馬の手綱《たづな》を引いた。

「アルノー！」

もう一頭馬がいて、手綱を持って立っているのは濃い金髪の男だ。ヴァランタンの乳兄弟《ちきょうだい》で、第一の近侍《きんじ》のアルノーである。

「助け出されましたか！」

「行くぞ、春月《しゅんげつ》の舘《やしき》だ！」

ふたりは短く言葉を交わした。ヴァランタンはリュシエンヌを抱えたまま黒馬に飛び乗り、片手で器用に手綱を操って黒馬を駆けさせる。馬は嘶《いなな》き、その後ろにはアルノーが従った。

「お兄さま、お兄さま！」

馬上のヴァランタンの、肩に抱えられたままなのだ。上下の揺れは激しく、吐き気を覚えてリュシエンヌは叫んだ。

「下ろして……、わたしも、馬にまたがりますわ！　このまま、で、は……！」

しかし駆ける馬の背の上、ヴァランタンに声は届いていないのだろうか。彼は痛いほどに力を込めてリュシエンヌを抱えているけれど、馬の脚を緩める様子はない。

「お兄さま……、お、兄さま……、っ、……」

兄の勢いが、怖くなった。穢れたリュシエンヌを清めるとは、どういう意味なのだろう。

彼は『春月の舘』と言った。自国の南、王都から馬で三日ほどのところにそう呼ばれるかつての保養所があって、そこには大きく澄んだ湖がある。あそこにリュシエンヌを浸《つ》けるのだろうか。あの清らかな水でリュシエンヌの体を洗うのだろうか。

リュシエンヌは、兄を呼び続けた。しかし妹を抱えたままヴァランタンは馬を走らせ続け、気分の悪さにリュシエンヌは気を失った。


ぱちぱちという音に、リュシエンヌはどきりとした。

脳裏に、燃えあがる部屋が浮かびあがる。血まみれになって動かないシャイエが炎の中に横たわっている光景に、はっと目を開けた。

「シャイエ！」

起きあがったリュシエンヌは、目の前の炎を見て叫び声をあげた。そんな彼女を優しく抱きしめる腕がある。

「大丈夫だ、リュシエンヌ」

「お兄さま……」

「野営中だ。おまえは、もう少し眠るといい」

「いいえ」

大きく息をついて、リュシエンヌは座り直す。体の上には毛布がかかっていて、それを引きあげる。音を立てて燃えているのは焚き火《たびび》で、向こうにはアルノーがいた。

「眠くはありません。お兄さま、出発するときにはわたしも馬にまたがらせてください。抱えられて乗るのは苦しいですわ」

「それは悪かった」

ヴァランタンはリュシエンヌから腕をほどき、炎の影になっている部分でなにやらごそごそとしている。差し出されたのはブリキのカップで、中には香り高い温かいワインが入っていた。

「飲め。落ち着くだろう」

「ありがとうございます……」

空には星が輝いていたけれど、手もとは暗い。カップの中を覗くと炎に照らされたのは赤いワインで、その色はいやおうなくシャイエのことを思い出させた。

「あの男は」

手にした細い木の枝で、焚き火をつつきながらヴァランタンは言った。

「隣国の第三王子。いずれ将軍の位を与えられ、我が国との戦《いくさ》の指揮を執っていたであろう人物だ」

「……ええ。本名は、聞きましたもの」

「ほぉ」

ヴァランタンが、驚いたように言った。

「では、おまえに対する執着は本物だったのだな。おまえを人質に我が国を牽制《けんせい》し、自国での己の立場を優位にするためにおまえを攫ったというのが諸臣の見方だったのだが」

「そういうことは……わたしには、わかりませんわ」

戸惑いながら、リュシエンヌは言った。

「ただ……わたしは、ひどい扱いなどされてはおりません。食事も温かいベッドも、暖炉もありました。素晴らしい味のケーキを振る舞われ、楽団の演奏に合わせてダンスを……」

「ずいぶんと、楽しそうだな」

面白くもなさそうな口調で、ヴァランタンは言った。リュシエンヌは思わず口を押さえる。

「構わぬ。おまえが牢《ろう》に繋がれて、ろくに食事も与えられていないのではないかと懸念していたからな」

「申し訳ございません……」

「構わぬと言っている。おまえが機嫌よくしていたのなら、それに越したことはない」

彼が火をつつくと、ばちっと音がして炎の勢いがあがった。リュシエンヌは思わず怯《ひる》んでしまう。

「しかし、おまえは殺されたも同然だ。わかるな」

「……はい」

それが、リュシエンヌがすでに清純ではないことを示しているのはわかっている。手にした赤いワインと同じような色をした媚薬に酔わされてのことだったとはいえ、リュシエンヌはそれを受け入れていた。慣れたころには、自分から求めることさえしたのだ。

ヴァランタンを前にそのことを思うと己の浅はかさが身に沁みて、リュシエンヌはいつの間にかうつむいていた。

「言っただろう。おまえは、もう死んだも同然だ。私は、おまえをこのまま連れ帰ることをしない」

「春月の舘に……?」

ヴァランタンはうなずいた。どきり、と大きく胸が鳴った。両親やほかのきょうだい、馴《な》染《じ》みの侍女たちに会えないのは残念だけれど、しかし永遠にということではないだろう。

「いつまで、春月の舘にいればいいのですか?」

「それは、私の決めることではない」

それはそうだ、とリュシエンヌは思った。決めるのは皇帝である父だ。同時に父の怒りを想像して、ぶるりと震えた。

「冷めないうちに飲め」

リュシエンヌが震えたのを、寒さのせいだと思ったのだろうか。ヴァランタンはそう言った。リュシエンヌはうなずき、赤いワインを口にする。

ワインは、甘かった。自国のワインは、これほど甘い味がしただろうか。これではまるで、シャイエがリュシエンヌに飲ませたワインのようだ、と思った。

「ずいぶん、甘いワイン……」

「甘いほうがよかろうと思ってな。甘みの強いものを選んだ」

「ありがとうございます……」

おかしな媚薬などで甘くしてあるわけではない。ヴァランタンの心づくしだと思うと、甘さが心地よく沁みてくる。リュシエンヌは少しずつワインを飲み下した。

そんな気遣いをしてくれる兄は、しかし厳しい言葉を投げかけてくる。

「父上……皇帝は、隣国のやり口にずいぶんとお怒りだ。あれが第三王子の独り勝手な行動だったとしても、我が国を侮ってのことには変わりない。隣国とは、遅かれ早かれ戦になるだろう」

リュシエンヌは、再び震えた。戦――リュシエンヌが生まれてこのかた十六年、隣国との関係はよくなかったとはいえ、実際に戦火があがったことはなかった。しかしこのたび、本物の戦争が起こる。しかもそれは、リュシエンヌが原因ということになるのだ。

「いつまで春月の舘にいるか……戦争が終わるまでは、ということは言えるだろう」

「それは、何日くらいのことなのですか？」

ワインを飲みながら、リュシエンヌは言った。ぷっ、と小さな笑い声が聞こえた。それは焚き火の向こうにいるアルノーだった。

「いや、失礼」

笑ったことを拭い去ろうというように、彼は口もとに手をやった。

「姫。戦とは、それほどに簡単なものではございません。もちろん、場合によっては数日で片がつくこともありますが、このたびの戦は何十年もの因果の結果」

ぱちっ、と三人の囲む炎が弾けた。

「両国は、どちらもいつこの日が来てもいいように牙《きば》を研《みが》いでおりますし、歴史のうえでは何年、何十年……百年を超えるものさえも珍しくないのは、姫ぎみも家庭教師にお習いでしょう」

「本では読んだわ。……でも」

百年先など、戦があろうとなくなろうともリュシエンヌは生きていない。それほどに大規模な戦など実感が湧かなくて、リュシエンヌは懸命にそのことを考えながら兄に与えられたワインを飲み続けた。

「実際に起こるとは思わなかったか？　このたびの戦……百年後の教本にも載ることだろうな」

ヴァランタンは、まるで人ごとのような言いかたをした。リュシエンヌは首を傾げて彼を見る。

「これは、隣国をつぶすための好機だ。おまえは、ともすれば勝利の女神《めがみ》になるやもしれないのだぞ？」

「そう……なんですの？」

そのような勢いのいい言葉を並べておきながら、ヴァランタンは相変わらず人ごとのような、自分には関《かか》わり合いのないことであるかのような口調で話す。

確かにヴァランタンは、なにごとにも冷静な、感情を乱すことのない人物だ。そんな涼やかな彼にリュシエンヌは憧れているのだけれど。

「しかし勝利の女神と持ちあげられる前に、おまえは身を隠しておかなくてはいけない」

「……はい」

その隣国の王子の手で穢された体など、勝利の女神にはふさわしくない。それは言われずともリュシエンヌにも理解できることだ。思わず、カップを持ったままうつむいてしまった。

「春月の舘で、謹慎します。この戦のけりがつくまで……わたしの浅はかさが始めてしまった、戦いの」

「それが、一生となってもか？」

え、とリュシエンヌは顔をあげた。ヴァランタンが、その水色の瞳でリュシエンヌを見つめている。じっと、まるで検分するように見つめられてリュシエンヌはまた下を向いた。

「先ほども話しただろう。いったん戦となれば、百年を超えることも珍しくない。それまでおまえの寿命が持つか？」

「では……一生を、春月の舘で」

「そうなるやもしれぬ。おまえの言っていたとおり、数日で終わる戦になるかもしれぬし、一生、春月の館で暮らすことになるかもしれない」

「それは……」

リュシエンヌは、ごくりと息を呑んだ。春月の館、と名は美しいが、岩壁に囲まれた寂れた海沿いにある見捨てられた建てものだ。まわりに住む者たちも少なく、訪れるのは波音ばかり。そのような場所で一生を過ごそうというのは相当な覚悟が必要だ。

「……わたし自身の、過ちゆえですから」

「自覚があるなら、いい」

ヴァランタンは冷淡な声で、リュシエンヌを見つめてうなずいた。それがリュシエンヌの罪を責めているように見えて、リュシエンヌは唇を噛んでうつむいてしまう。

「私も、おまえから目を離した。そういう意味では同罪だ。おまえをみすみす、春月の館に置いておくことはしない」

「お兄さまも、来てくださるの？」

ぱっと、リュシエンヌの胸に喜びが広がった。たったひとりで春月の館に閉じ込められることを思えば、兄の存在はどれほど心強いかわからない。

「さぁな」

ヴァランタンは、皮肉げな笑みを浮かべた。

「私も戦に駆り出されるか、謹慎を命じられるか……どうせ謹慎するなら、おまえと一緒にあのうち捨てられた舘で過ごすのもよかろうよ」

「殿下」

鋭く、声がかかった。

「なにを言っておられるのですか。殿下こそ、このたびの戦で戦果を挙げ、陛下に、数多い皇子の中でもヴァランタンありと認められなければならないお人ではありませんか。それを、よりによって戦火の原因になった姫ぎみと……」

「アルノー」

「攫われた女がどのような目に遭わされるかは、衆人の知るところ。いくら姫ぎみとはいえ、殿下が御身《おんみ》を賭《と》してお心をおかけになる必要など……」

「アルノー！」

びしっ、と激しい音がした。リュシエンヌは思わず目をつぶり、開けたときそこにあったのは、飛び散った血のしずくだった。

「きゃ……！」

「我が妹を侮辱する者は、従者といえども許さぬ」

厳しい声で言ったヴァランタンが手にしているのは、馬の鞭《むち》だ。それに打たれたアルノーは、信じられないといった表情でヴァランタンを見ている。当然だ。正論を述べたつもりなのに、鞭打たれたのだから。

「確かに、リュシエンヌは過ちを犯した……しかしそれは、リュシエンヌから目を離した私の咎《とが》でもある」

鞭を手にしたまま、低い声でヴァランタンは言う。

「リュシエンヌを侮るは、私を侮ったも同じだ。おまえは、その覚悟があってそう言ったのか？」

「と、んでも……ございません……」

震える声で、アルノーは言った。

「ヴァランタンさまを侮るなど、そのようなこと」

「では、以後言葉遣いには気をつけろ」

閃かせた鞭を腰につけ直しながら、ヴァランタンは視線を焚き火に向ける。彼が枝先で火を熾すと、炎がぶわりと大きく燃えあがった。

（かばって……くださったんだわ）

まだワインの残ったカップを握りしめたまま、リュシエンヌはそんなヴァランタンを見ていた。

（わたしは行方不明だったんだもの……アルノーが言わずとも噂はすぐに広がるでしょう。でも私を侮った者はお兄さまを侮ったも一緒と、皆が恐れるに違いないわ。それでわたしは、表向きは従者たちに侮蔑されずに済む……）

いくら攫われたとはいえ、隙を見せたのはリュシエンヌだ。最初は媚薬を盛って抱かれたとはいえ、シャイエを愛してしまったのも自分だ。そんなリュシエンヌを、赦《ゆる》し守ってくれるというのだ、ヴァランタンは。

（シャイエ……）

戦が世の常なら、彼が死ぬのも仕方のないことだったのかもしれない。しかしわずかの時間とはいえ愛した人——彼のことを思うと、胸の奥をきりきりと引き絞られているような思いに駆られる。

あのまま、あの舘は焼け落ちてしまっただろう。シャイエの遺体は一緒に燃えてしまっただろう。遺体を焼かれるなど恐ろしいこと——ぶるり、と身を震わせたリュシエンヌの肩に、ヴァランタンの手が触れた。

「きゃ……！」

「なにを驚く」

ヴァランタンこそが、驚いた顔をしている。彼のそのような表情を見ることなどめったにないことだったのでリュシエンヌは笑顔を誘われて、するとヴァランタンは胡乱《うろん》げな顔をした。

「いえ……なんでもありませんわ」

「行くぞ。ひとまずは、春月の舘に辿《たど》り着かねば」

このたびは、リュシエンヌは元気を取り戻して黒馬の上にまたがらせてもらうことができた。しっかりと馬の頸《くび》につかまって、後ろには信頼する兄がいる。

出発の理由も、行き先も楽しい旅ではない。しかし今だけは、馬に揺られて風のように駆けるこの瞬間は心躍って、思わず身を乗り出してしまいヴァランタンに叱られた。

第四章　春月の館での日々

春月の館は、冷たい海風の吹くうら寂しい場所だった。

ヴァランタンに手を取られて馬から下りたリュシエンヌは、肩を震わせた。踏んだ先はじゃりっと音のする岩場で、目の前に建っているのはくすんだ石造りの見あげるばかりの尖塔《せんとう》。

リュシエンヌのドレスのスカートを、海風が巻きあげる。慌ててスカートを押さえながら、リュシエンヌは塔を見あげた。

「ここに……今から？」

幼いころ訪ねたこともあるし、知らない場所ではない。しかしここはこんな場所だっただろうか。打ちつける波音が寒々しい。あたり一面砂利道で、花どころか草一本生えておらず、いったい誰がここに春の訪れを喜ぶような名などつけたのだろう。

「父上が、おまえをどう処遇されるのかはわからない」

下馬したヴァランタンが言った。

「しかしひとまずはここに身を置き、潔白のほどを示すのだ」

「潔白……？」

リュシエンヌは思わず胸に手を置いた。潔白どころか、この身は穢れているのに。敵国の男と愛し合った体なのに。そのことをいかに隠すというのだろう。そして己の愛を否定しなければならない自分の悲しさ、そして愚かさに心の中で打ち震えた。

「そう……ですわね。この心を隣国に奪われてなどいないことを……証明しないと」

ヴァランタンが手を出してきた。それにそっと自分の手を乗せ、一歩を踏み出したリュシエンヌは、ふと目を留めた。

「どうした?」

建てものの隅に、一輪の白い花が咲いていた。先ほどは目に入らなかった、小さな花だ。

リュシエンヌは足を止めて花に見入った。

「いえ……、花が」

「花?」

ヴァランタンの目には入らなかったのだろうか。リュシエンヌはしゃがみ込み、そっとその花に手を差し伸べた。

「薔薇《ばら》ですわ。こんな小さな……こんなに小さくても、元気に咲いていますのね」

「剪《き》らせよう。おまえの部屋に飾っておくがいい」

「いいえ、このままで」

リュシエンヌは、ヴァランタンを制した。

「こんなに健気《けなげ》に咲いているんですもの。剪るのはかわいそうですわ」

「そのようなものか？」

ヴァランタンにはリュシエンヌの気持ちがわからないらしい。リュシエンヌは立ちあがり、にっこりと微笑みを花に向けた。そのまま、ヴァランタンにいざなわれるのに従って煤《すす》けた館の中に入っていく。

中は人気《ひとけ》もなく、埃《ほこり》っぽかった。黴《かび》くさい匂いがして、リュシエンヌは思わず手で鼻を覆う。

「近日中に、人をよこす」

ヴァランタンも、放置されていた建てもののあまりのひどさに驚いたらしい。彼もまた口もとに手をやりながら、あたりを見まわしている。

「でも、陽はよく入りますのね。明るいですわ」

「それだけが利点だな」

アルノーが、ヴァランタンの後ろからそっとなにかをささやきかける。ヴァランタンはうなずき、懐から携帯筆記具を一式取り出すと、小さな紙切れになにかを書いてアルノーに渡した。

「なんですの？」

「目下、必要なものだ。食べものに飲みもの、寝台もしつらえねばならんし、おまえの侍女もいるだろう」

アルノーが、頭を下げてヴァランタンの手渡した紙切れを手にした。

「掃除も申しつけなければならない。これでは……埃の中を歩いているようなものだ」

「でも、お兄さま。図書室がありますわ」

リュシエンヌは指を差した。廊下の向こう、開け放たれた扉の向こうにずらりと本の並んだ棚が見えた。

「本があれば、ここは天国ですわ」

うきうきしてそう言うと、ヴァランタンは呆れたような顔をした。

「まったく……謹慎してここにいるのだということを忘れてはいけないぞ」

「あ……」

どのような本があるのかと、見に行こうとした足を牽制されてしまった。リュシエンヌは肩を落とし、ヴァランタンのもとに戻ってくる。

「わたし……つい、浮かれてしまって」

「まぁ、この地が戦渦に巻き込まれることはあるまい」

ヴァランタンも、叱るつもりでそう言ったのではないのだろう。近づいてきたリュシエンヌの頭に手を伸ばし、そっと髪を撫でる。

「おまえが呑気に、本を読んでいられるようにしよう。おまえは、ここで本を読んだりあの小さい花を気にしたり、うたったり。……そういうことをして、過ごしておいで」

「お兄さまたちは、戦にいらっしゃるのね？」

そのことを忘れていたわけではない。ここまでの道、何度もその話になったしリュシエンヌも自らの身の戒めにその事実を胸に刻み込んできた。

「本当に、いらっしゃるのね……」

「私は……そうだな、合間を見てはおまえの様子を見に来よう。ここにおまえがいるのは、秘密だからね。誰も、このようなところにおまえがいるとは思わないだろう」

「ああ、では……おいでになるときには、薔薇の株をひとつ、持っていらして」

「薔薇の？」

リュシエンヌの髪を撫でながら、ヴァランタンは目を細めた。

「だって……さっきの白い薔薇。独りぼっちでさびしそうだったわ。もっともっと、お仲間を増やしてあげたいの」

「では、ひとつと言わず、百株でも二百株でも持ってくるが？」

ヴァランタンは、リュシエンヌがなにを言いたいのかと不思議そうだ。いいえ、とリュシエンヌは声をあげた。

「そんなのじゃだめだわ。お兄さまが来てくださったという証に、ひとつずつ欲しいのよ。それだけの数、お兄さまが来てくださったという思い出になるから」

「思い出などと……そのようなものに浸らずとも、しばしば来てやると言うに」

「だって、戦となればそうもいかないでしょう？　皇子が戦場を抜け出すなんて、許されないことでしょう？」

「それは、そうだが」

ヴァランタンは腕を伸ばした。彼はリュシエンヌを姫抱きにして、かたわらの扉をくぐる。そこには大きな長椅子があった。古びてはいるがものはよさそうで細かな刺繍《ししゅう》の入った布が張ってある。

「きゃ、お兄さま！　お兄さま！」

リュシエンヌを抱きあげたままヴァランタンはマントを取り、長椅子の上に広げる。そしてその上に、リュシエンヌを横たわらせた。

「なんなの……急に、どうなさったの？」

「白い薔薇の花言葉は……清純」

ヴァランタンは、リュシエンヌの手を取った。手の甲にくちづけられながら、なにごとかとリュシエンヌは目を見開く。

「我が妹の失ったもの……隣国の王子になど、くれてやったもの！」

「おに……、い……、さ……？」

ちゅ、ちゅ、とくちづけの音が奇妙に大きく響く。彼の水色の瞳は、同じ色をしたリュシエンヌの瞳をとらえて釘《くぎ》づけにした。

「な、に……？」

水色の瞳の、色が滲む。彼の目が見えなくなった代わりに、感じたのは柔らかい唇の感覚——何度も、シャイエと交わしたもの。

「ん……、っ、……？」

リュシエンヌは動揺に呻き、しかし両肩を強く押さえ込まれて身動きができない。リュシエンヌはヴァランタンにくちづけられ、ただ大きく目を見開いていた。

「……に、い……さ、……」

「リュシエンヌ」

彼の手が、頭を撫でる。その手の動きはいつものものなのに、優しい兄の指が髪を梳いてくれるのに、激しいくちづけがそれ裏切っている。このようなくちづけは知らない——このような、嵐《あらし》のようなキスは。これは決して、兄から妹へと捧《ささ》げられるものではなかった。

「や、ぁ……、っ……！」

しかし声はくぐもって、うまく言葉にならない。振りほどこうとしても体はどこも動かず、下半身も彼の膝に押さえ込まれて脚を振りあげることもできない。

「つや……、っ、にい、さ……っ……」

ちゅくん、と音がして、唇が離れる。はっ、と苦しい息を吐いたリュシエンヌは、反射的に体を捻ってヴァランタンの腕の中から逃げようとした。

「なにを、……なさる、の……っ……！」

しかし、リュシエンヌは逃げられなかった。ヴァランタンのマントの上でリュシエンヌは四つん這いになり、後ろから上半身と腰をしっかりと抱きすくめられていた。

「お兄さま……？」

「愛している、リュシエンヌ」

耳に、唇を近づけられた。

「ずっと……ずっと昔から、おまえだけを愛してきた。私がこの歳になっても妻を娶らないのはなにゆえだと思う？　おまえだ、おまえより魅惑的な女など、この世にいるはずがない……」

「わ、たしたちは……、兄妹、ではありませんか……」

しかし、それがどうしたとヴァランタンは言うのだ。

「母は違う。母の違う兄妹の結婚など、世に幾多も例がある」

「そ、んな……、っ……」

リュシエンヌは、ヴァランタンを愛している。しかし彼の言うような意味の愛ではない。肉親として、兄として愛しているのであり、決して――シャイエに捧げた心のような形ではなかった。

「わた、し……は、おにい、さま、……を……」

ヴァランタンの手が、胸を這う。撫であげられて顎を摑まれ、その力の強さに大きく心臓が跳ねた。

「お兄さまとして、愛しております……でも結婚なんて、そ、んな……」

「誰が許さずとも、私はおまえを奪う気でいた」

残酷な言葉を、ヴァランタンは吐いた。

「たとえおまえ自身が、だ。おまえ自身が拒もうと、私はおまえを手に入れる……」

「あ、あ……っ、……!」

ヴァランタンの強い手が、リュシエンヌの顔を後ろに向かせた。再び唇を奪われる。今度のキスは、いきなり舌が入り込んでくる濃厚なものだった。

「んぅ……ん、ん、……っ……」

拒もうとしても、ヴァランタンの厚い舌はリュシエンヌの歯などものともしなかった。唇をぐるりと舐めまわされ、歯を、その裏を舐められ、突き込むように襲いかかってくる。唇を奪われ呼吸を奪われ、リュシエンヌは激しく胸で息をする。揺れる乳房を、大きな手がドレス越しに摑んできた。

「ふ、っ……ん、ん、……、っ……」

ぎゅっと力を込められると、ぴりぴりと体に走るものがある。それは全身に至り、まるでシャイエに抱かれたときの衝撃のようだ——彼はこれほど乱暴なことをしなかったし、なによりも彼は、リュシエンヌを抱くときには媚薬を使った——。

「あ、……、っ、……、っ……？」

両の乳房を摑まれて、指がてんでにその上で動く。その刺激にもいちいち反応してしまう体。ぎゅっと強く力を込められると、ひくんと腰が動く。繰り返し刺激を受けていると、体の奥が濡れてくる。内腿をつぅっと伝う生暖かいものに気がついて、リュシエンヌは大きく目を見開いた。

「おにい、さ……、ま……？」

「なんだ、気づかなかったのか？」

唇を離したヴァランタンは、嘲笑うようにそう言った。

「おまえは、疑いもせずに飲んでいたではないか。赤いワインの原料は、一般にはデリアの実……しかし似てはいるが猛毒とされるヘリアの実を使ったワインは、媚薬になる、と」

ぞくっ、とリュシエンヌの体に走ったのは、悪寒だったのか快感だったのか。ヴァランタンはリュシエンヌの乳房を揉みしだきながら、リュシエンヌの唇を奪う。吸いあげられて、呼吸ができなかった。

「あの館にも、ヘリアの実を使ったワインがあったな……同じ女を愛する男は、考えることも同じなのか？」

「でも、……、で、も……」

シャイエに媚薬を盛られたときは、かっと体が熱くなって、反応は早く訪れた。しかしこの春月の館に着くまでの一週間、リュシエンヌはずっと温めた赤いワインを飲んでいたのだ。それなのに、一度も媚薬の効果を感じたことはなかった。

「三日だ、リュシエンヌ」

ちゅく、と妹の唇を奪いながらヴァランタンはささやいた。

「あのワインは、味が薄いと思わなかったか？　濃度で、効果の出る具合を調整することができる。おまえの体に効くのは三日、この春月の館に着くのにも三日かかると見ていたのだが……」

重なった唇から、舌が入ってくる。先ほどのように強い力で中をまさぐられて、リュシエンヌの体の熱は少しずつあがってくる。反射的に兄の舌を吸いあげてしまい、流れ込んできた唾液をごくりと飲み下す。

「雨が降って、進めなかったからな……しかしおまえの体もヘリアに慣れていて、効くのに時間がかかった……。結局、おまえがヘリアの実でできたワインに反応したのと、この春月の館に着くのは同じときだった……」

相手の唾液を飲み込むなど、淫らなことを——リュシエンヌは身悶えたけれど、それさえもが熱になって体を駆け巡る。確かにシャイエに飲まされたワインの効果を思い起こさせる感覚が下半身で弾けて、リュシエンヌは声をあげた。

「諦めろ。このワインを飲んだときから、おまえの運命は決まっていたのだ……せめて、この体に触れるのが私だけでありたかったというのが、悔やまれるところ……」

「やぁ……、っ、ん、っ……！」

乳房を摑む手に、力がこもった。その痛みにも似た快楽は全身を走り、また熱が高くなる。

「おまえの体は、私を裏切ったのだな……そう思うと、悲しいよ」

「うら、ぎ……、って、な、ん……か……」

ひくひくと、咽喉を震わせながらリュシエンヌは喘いだ。

「わたしだって、望まないのに……こ、んな……こ、んな……！」

「ああ、すべてはおまえの望んだことではなかったんだね」

唇に、紅を塗るように舌をうごめかせながらヴァランタンが応える。

「攫われたのも、隣国の王子などに犯されたのも……ここで、こうやって私の手の中にあるのも……すべて」

「のぞ、まない……、わ……っ……」

彼から少しでも遠のこうと、リュシエンヌは身悶える、しかしそれがますます彼の腕の力を強く誘って、呼吸できないほど唇が押しつけられる。

「しかし、おまえの体は反応している」

「ひ、……ぁ、あ……ああっ！」

ヴァランタンの手が、両脚の間をすべる。何度も男の欲望を呑み込んだ秘唇は反応し、内腿を伝うものの量も増えた。

「ほら……ここが、もう濡れている。私をほしがってくれているのか？　それとも……」

「あぁ、言わない、で……、っ……！」

リュシエンヌは、大きく身を震った。大きく腰をあげたまま、長椅子の上に突っ伏す格好になったリュシエンヌの背をヴァランタンの手がなぞり、そしてゆっくりとスカートをたくしあげた。

「や……、ぁ、あ……、っ……」

「うつくしいよ、リュシエンヌ……」

ドロワーズの上から秘所にくちづけをして、ヴァランタンは言う。

「そんな惨めな格好をしていても、おまえはどうしてそうもかわいらしく……うつくしいのだろうね？」

「つあ、や、ぁ……っ、……」

ヴァランタンはなおも、布越しの秘部にくちづけながらささやいた。その呼気さえもが刺激になって、四つん這いのままリュシエンヌは身悶えした。

「この、奥……私にも、見せてくれるのかい？　私に、おまえの秘密を教えてくれるのかい？」

「いや……、ぁあ、……あ、あっ！」

布一枚越しに指を這わせられ、何度も前後に擦られる。ぴちゅ、くちゅ、と淫唇が音を立てるのが聞こえる——耳を塞ごうとしたけれど、両手は震える体を支えているだけで精いっぱいで、リュシエンヌはただ身をわななかせているだけだ。

「いや、見ないで……お兄さま。見な、いで……、っ……！」

そのような場所を見られては、もうふたりは兄妹ではなくなってしまう。確かに母が違えば結婚も可能——だけれど、リュシエンヌはヴァランタンをそのような対象に見たことはなかったし、ヴァランタンもただかわいい妹とかわいがってくれていただけであったはずなのに。

「だ、あ……め……、っ、……」

ドロワーズがずらされる。ぴちゅり、と女のしずくを垂らす箇所が露わになる。リュシエンヌは懸命に脚を閉じたけれど、四つん這いになった格好ではその部分を隠すことなど不可能だった。

「ああ、いや……、ぁ……、っ……」

「うつくしい、薔薇色だ」

冷たい指がそこをすべる。その温度差が快楽を生み出し、リュシエンヌはひくんと下肢をひくつかせた。どっと、また蜜が溢れる。

「こんなに濡らして……こんな姿を、あの男にも見せていたのだな……」

「やぁ、ちが……、違う、……っ……」

わけもわからずに、ただ羞恥と媚薬にぼんやりとした頭でリュシエンヌは叫ぶ。声が、がらんとした建てものに響き渡った。

「……っあ、……あ、ん、……」

そんな自分の声が恥ずかしくて、唇を噛んで口をつぐむ。しかしヴァランタンの指は花びらの間をそっとなぞって、それがたまらない刺激になった。

「っ、あ、あ……ああ、……、ん、っ、……」

リュシエンヌは脚を震わせる。爪先のほんの小さな部分で触れられているだけなのに刺激は全身に駆け巡り、四つん這いの体勢でさえも辛《つら》くなってくる。

「やっ……、やめ、て……、おに、い……さ……ま……」

「私を兄と思わなければいい」

ヴァランタンの指は、きつく絞まったリュシエンヌの秘所を解きほぐすように、ちゅくちゅくと音を立てながら中に入ってくる。それを歓迎するように蜜は溢れ、したたって脚を汚していく。

「そうだな……おまえの愛《いと》おしい、あの第三王子だとでも思えばいい」

「……え？」

ぎょっとした。リュシエンヌは思わず後ろを向き、しかし同時に花びらにくちづけされ、先端をちゅくりと吸われて悲鳴があがる。

「いや……、それはいい考えではないな」

爪先と舌先で、敏感な部分を擦りながらヴァランタンは言う。その呼気でさえも、花園に触れる刺激になった。リュシエンヌの下肢は、びくびくと震える。

「おまえには、私を刻み込まなくては。あの男のことなど忘れ……私の、私だけの、かわいい妹に……」

「ひぁ、あ……あ、あ……！」

そう言うと同時にヴァランタンは花びらの端を咬み、リュシエンヌは咽喉が嗄《か》れるほどの嬌声をあげてしまった。

「私だけの、かわいい妹」

ヴァランタンは繰り返し、リュシエンヌの臀《しり》を軽く叩《たた》く。それにも刺激されてあっ、あっ、と掠れた声が洩れた。秘所に触れるヴァランタンは満足そうに目をすがめて微笑み、再び花びらを咬む。

「い……ぁ、あ……ん、っ……！」

「妹……、私、の……」

その言葉を味わうかのように何度も繰り返し、きち、きち、と歯の形をつけていく。

「やぁ……、っ、い……た、い……、っ……」

「嘘をつけ」

ぱん、とまた臀を叩かれた。じん、と疼く感覚が快楽ではないとはもう言えない。それでもリュシエンヌはせめてもの抵抗をしようと身を捩らせ、しかし花びらをちゅっと吸いあげられてまた声をあげる羽目になってしまう。

「ここは、悦んでずっと蜜を流しているというのに？　これが痛いというなら……おまえは、痛いことが好きなのだな」

「好き、なんかじゃ……、っ……」

しかし言葉は、嬌声の中に混じってしまった。リュシエンヌのあげる声、秘所をかき乱される音、微かなヴァランタンの興奮した吐息。それらが混ざって、リュシエンヌの耳にはあまりにも妙なる音楽だった。

「っ、あ……あ、……っ、……」

絶頂の訪れを感じて、リュシエンヌは大きく身震いをする。それがヴァランタンに伝わらないわけがない。彼はリュシエンヌの腿を撫でながら、そっとささやく。

「達くのだろう……？」

「やぁ……、っ、……」

違う、と首を振っても無駄だ。すべてを見抜いている笑みで、ヴァランタンは言う。

「……達け。見ておいてやる……」

「いや……ぁ、っ、……、……！」

そう言われて、同時に指が秘所に入り込んでくる。ぐりっと捻られて、その衝動にリュシエンヌは大きく目を見開き、同時につま先まで流れ込む熱すぎる情動を感じた。

「……っ、あ……、ああ、あ……あああ、あん、っ、……！」

喘ぎ声は長く続き、同時にあがりきった体温にも苛《さいな》まれる。見開いたままのリュシエンヌの瞳から、涙がこぼれた。それを舐め取ったのはヴァランタンの、厚い舌だった。

「泣くな……おまえの泣き顔を見ていると、悪いことをした気になってしまう……」

「わる……い、こ……と……」

壊れたオルゴールのように同じ言葉を繰り返し、そしてリュシエンヌはきっとヴァランタンを睨みつける。その目の縁からも、やはり涙が流れ落ちた。

「わ、るい……こと、です、……わ……」

ひくり、としゃくりあげながらリュシエンヌは言いつのった。

「こ、んな……こと。お父さまにも、お母さまにも……申し訳のつかない……っ」

両親の顔が浮かぶと、涙はなおも次々と生まれた。それをひとしずくも逃すまいというように、ヴァランタンは後ろから目もとにくちづけてくる。

「懸念するには及ばない」

そうやって妹をあやしながら、静かな声でヴァランタンは言った。

「どちらも、もうこの世にはいらっしゃらないのだからな」

言葉の意味がわからなかった。兄の言ったことを理解しようと、リュシエンヌは何度も同じ言葉を繰り返した。ようやく自分の言葉を取り戻したときには、涙はすっかり乾いていた。

「どう、……し、て……？」

「亡くなったからだ」

淡々と、ヴァランタンは答えた。

「亡くな……、っ……た？」

その言葉が、どうしても胸に沁み込んでこない。亡くなった、と何度か繰り返すと、どうして、とリュシエンヌはまた問うた。

「戦があったからだ」

「戦……なんて……。どこで……？」

「我が国と、隣国との間で」

「……いつ？」

「つい、一週間ほど前まで」

教書でも読み上げるようなヴァランタンの言葉は、やはりどうしても胸に入ってこなかった。リュシエンヌは同じ問いを繰り返し、同じ答えを得、得心できないままつぶやいた。

「お父さま、と……お母さま……は……」

ふたりの顔を思い浮かべながら、リュシエンヌは言った。

「戦で……亡くなった……の？」

ああ、とヴァランタンはうなずく。

「いく、さ……なんて、何年も、何十年……何百年も」

「続くものだと思ったか？」

目をすがめたヴァランタンは、嘲笑うようにリュシエンヌを見つめた。

「数日で終わる戦もあると言ったのは、おまえではないか」

「それっ、……て」

——まるで、数日で終わった戦があったみたいな。そんな言いかたではなくて？

「だからおまえも、罪悪感など抱く必要はない」

ヴァランタンはリュシエンヌの耳もと、低い声でささやく。

「愉しめばいい。兄がどうした、妹がどうした……おまえは私の、愛しい女」

そう言い放つと同時に、彼は体を起こす。その手でリュシエンヌの腰を抱いた。リュシエンヌがはっとする間もなく、熱いものが押しつけられる。

「や、ぁ……っ、……」

「ここは、私をほしがって震えているくせに」

「つあ、う……、違、う……つ……」

「なにが、違うものか」

四つん這いの格好のまま、男の熱杭を突き込まれた。すでにぐっしょりと濡れそぼった蜜園は、悦んでそれを受け止める。挿り口を容赦なく拡げられて、リュシエンヌは声をあげた。

「つあ、あ……あ、ああ……つ……」

「愛しい、妹……、っ……」

先端が挿り込み、その熱さに悲鳴があがる。それをなおも追い立てるように突き挿れられた嵩《かさば》張った部分を呑み込んで、しかし秘所は貪欲にもっととねだる。

「ちが……、違う、の……、っ、……!」

「しかしここは、私を悦んでいる……」

「いぁ、あ……あ、あ……ああ……ん、っ……」

太くて熱いものが出挿《ではい》りする。ぐちゅ、と音を立てて蜜襞が拡げられ、するともっと深くと歓待する体の反応を、リュシエンヌは止めることができない。

「ああ……ん、っ……つ、……、っ、……」

「おまえだって、悦んでいる……素直になれ。嬉しいと、言え」

「いや……、違う、ちが、……の……、っ……」

ああっ、と嬌声がリュシエンヌの咽喉を焼く。中ほどまでをひと息に突き込まれて、じゅ

くりと引き抜かれた——それがはっきりとわかるほどリュシエンヌの体は敏感になっていて、秘所は失ったものを惜しんでうごめく。

「その口を素直にするのが、楽しみだな……」

リュシエンヌの腰を摑み、ヴァランタンが新たに突き挿れてくる。蜜襞は捩れてそれを包み込み、もっと奥へといざなおうとした。

「もっと、ワインを飲ませてやろうか……それとも、違う薬がいいか？」

「いや……ぁ、あ……ああ、あ……っ、あ！」

薬、と聞いてリュシエンヌは震えた。それが、くわえ込んでいるヴァランタン自身に伝わったらしい。彼が身震いするのをリュシエンヌは感じ、同時にそれが、どくりと質量を増すのがわかった。

「やぁ……、お兄さま、お、にい、さ……」

「ああ」

熱い息とともに、体内の欲望がわななく。呻くように、ヴァランタンは言葉を綴った。

「おまえの中は、心地よすぎる……」

「お兄さま、やめ、て……」

「おまえを、穢す……覚悟しろ」

「やぁ……、っ、……あ、……あ、……」

どくり、と熱いものが体内で弾ける。腹の奥が焼ける。体中が、燃えあがる。

「つあ、……あ、ああ……っ！」

その熱にリュシエンヌは過剰なほどに反応し、秘所をひくつかせながら、続けざまに何度も達した。

「あ、……ああ、あ……、っ、……、……」

指先が震える。唇がわななく。自分の体が小刻みに痙攣しているのを感じながら、まるで灯りが消えるようにふっと、目の前が真っ暗になった。

□

ヴァランタンは、その逞しい腕で妹の体を抱きしめていた。

「リュシエンヌ……？」

呼びかけても、応えがない。そっとその顔を覗き込むと、どうやら気を失ってしまったらしいことがわかった。

抵抗がないのをいいことに、しばらくじっと抱きしめていた。彼女を犯した楔はそのままに突き込まれているけれど、気絶しているリュシエンヌをこれ以上攻め立てようとは思わない。

「リュシエンヌ……おまえは、なにも知らないのだ」

抱きしめる腕に力を込めて、ヴァランタンは呻く。

「私が、いつからおまえをこうしたかったか。いつから、おまえを抱く夢ばかり見るようになったのか……」

その呻きは、気を失っている相手さえをも憚《はばか》るような小さな響きだった。

「願いが……抱き続けてきた願いが叶ったというのに、……なぜ、私は」

声は、ぴたりとやんだ。ヴァランタンはいまだ熱く包んでくるリュシエンヌの秘所を解放し、腕をほどくと彼女の体を仰向《あおむ》けに寝かせる。ドレスを襟まできちんと正すと、自分も身なりを整える。顔をあげ、ヴァランタンは言った。

「入ってこい」

ヴァランタンの呼びかけに応じたのは、アルノーだった。彼はヴァランタンの足もとにひざまずく。

「姫は、お信じになりましたか」

「疑いなく、な」

アルノーはうなずいた。それはようございました、と小さく言う。

「これこそ……誠に、ヴァランタンさまの望んでおられたままに……」

「あの男がよけいな真似をしなければ……私の望みは、さらに完璧だったのだが」

ぎりっ、とヴァランタンは唇を噛む。まったく、とアルノーも答えた。

「しかし、あの男はすでに死んだ。姫がいかにお心をかけていらしたとしても、死んだ人間は生きた人間には敵いません」

「火にくべてやるだけでは飽きたらぬ……もっと粉みじんに、魂まで引き裂いてやればよかったものを」

アルノーが、少し肩をすくませた。

「なにはともあれ……姫は、殿下のものに」

「ならば、よいのだがな」

慎重な口調で、ヴァランタンはそう言った。

「リュシエンヌは、心をかけたものには……かけすぎるきらいがある。あの隣国の王子も、愛し続けるやもしれぬ……」

ヴァランタンは、まるで屍体《したい》のように眠っているリュシエンヌを見下ろす。リュシエンヌの胸はゆっくりと上下しており、彼女が確かに生きてそこにいるということを示していた。

「兄としか思っていない私を愛するように、仕向けたい」

「そのためには、どんな手を使っても」

アルノーの言葉にヴァランタンは彼を見下ろし、ふたりは視線を合わせて目をきらめかせた。

□

リュシエンヌがゆっくりと目を開けると、そこは心地のよいベッドの上だった。陽射しが入ってくる。リュシエンヌは何度かまばたきをし、そして起きあがる。

「リュシエンヌ」

真っ先に目に入ったのは、ヴァランタンの姿だった。彼は窓枠に座っていて、一輪の白い薔薇を持っている。ぷち、ぷち、と花びらが一枚一枚引きちぎられ、床に舞って落ちていくのを見つめながらリュシエンヌは言った。

「やめて……お兄さま」

「なに？」

「薔薇が……かわいそう」

やはりゆっくりと、リュシエンヌは立ちあがる。窓際に歩いていくと、花びらをちぎるヴァランタンの手に自分の手を置いた。

「ちぎるのは、やめて」

「……ああ」

ヴァランタンは、少し呆気《あっけ》にとられたようだった。リュシエンヌは半分ほど花びらを失った白い薔薇を受け取ると、香りを嗅ぐ。すっと、甘い香りが頭の中にまで突き抜けた。

体の奥は、まだずくずくと濡れている。ドレスは取り替えてあったし、汚れていたはずの脚の間もきれいに拭ってあった。長旅の汚れも清めてあったので、眠っている間にいろいろと面倒は見られていたらしい。

「あのワインは、ないのですか？」

リュシエンヌがそう言うと、ヴァランタンは驚いた顔をした。花びらが半分になった花に鼻先を埋めながら、リュシエンヌは目だけを彼に向ける。

「ワインがほしいわ……うんと、濃いやつを」

「なにを言っているんだ？」

「だって……あれの効き目があるうちは」

そうつぶやいてリュシエンヌは、かたわらを向いた。みずから夜の行為をねだるような真似は恥ずかしかったけれど、それに溺れることで聞かされた辛いことのすべてから逃げられるかと思ったのだ。

「昨日は、あれほどいやだと言っていたのに？」

「……そのことは、言わないで」

リュシエンヌはうつむいて、そして花を持ったままベッドに戻る。ぎしっと音を立てながら端に座った。

しばらく、沈黙が続いた。

「お父さまとお母さまは、もう葬《ほうむ》られてらっしゃるの？」

「いいや。戦が治まってまだ間もない。葬儀どころではない。ご遺体は、宮殿に安置してある」

「そう……」

白い薔薇の香りを嗅ぎながら、リュシエンヌは答えた。

「ご葬儀の日が来れば……わたしも、出席させていただけるのでしょうか？」

「そうさせてやりたいのは山々だが……」

ヴァランタンもベッドに座り、じっと惨めな姿になった花を見る。

「おまえは、隣国の王子に攫われた身。しかも敗戦国の姫だ。おまえは、そのような視線に耐えられるのか？」

「それは……」

ぎゅっと、花の茎を握る。すると取り忘れられていた刺がひとつ、右手のひらに刺さった。

「いた、っ……」

「どうした、見せてみろ」

ヴァランタンは花を取りあげ、リュシエンヌの手のひらを見る。赤いワインのようなひとしずくが流れていくのを、彼は舌先で拭い取った。

「……っ、んっ……、っ……」

「ワインを飲んでいないのに、感じるのか？」

微かに、嘲笑うようにヴァランタンは言った。

「それとも……おまえの血が、ワインになってしまったのか？」

舐め取った血を、ゆっくりと嚥下《えんか》しながらヴァランタンはささやいた。

「おまえの体は、すっかりワインに染まってしまって……あれなしでは、もう生きられないような体になってしまっていると……？」

「やめて……お兄さま」

手のひらから手の付け根へ、舌がすべっていく。その感覚にぞくりとする。リュシエンヌがぎゅっと目をつぶったのを見てとったのだろう、ヴァランタンの舌はより淫靡《いんび》に、腕の内側をすべり落ちていく。

「い、や……、っ、……」

ぞくぞくとしたものが、腕を伝って背に走る、肘《ひじ》の裏を吸われたときは、思わず悲鳴があがってしまった。

「私も、おまえの血の毒にやられ始めているようだ……」

呻くように、ヴァランタンは言う。

「このまま、おまえを食らい尽くしたくてたまらない。おまえの肌も、血も、骨も……すべ

だ」

「おまえの声には、耐えがたい艶がある。堪えがたい……聞いているだけで欲望をそそる声
「ああ、おまえがそのように呼んでくれると、ぞくぞくするよ」

リュシエンヌの首筋を舐めながら、ヴァランタンは言う。

「おにい……さ、ま……」

てを、我がものとしたい」

「やめて、そんな……こ、と」

「いや。やはりおまえの血は、ワインに変わったに違いない」

咽喉の中央に、唇が押しつけられる。ちゅくっと吸いあげられて、思わず喘ぎ声が洩れ出た。

「これほど私を酔わせるのだから……おまえはまさに、魔性の娘」

「おにい、さ……ま、ぁ……」

ドレスの胸のリボンが、しゅっとほどかれる。夜着のようなドレスに飾られたそれは簡単にほどけ、リュシエンヌの体を露わにする。

「やっ……やめ、て……」

「おや、ワインをほしがったのはおまえじゃないか」

ドレスの前をほどかれる。薄い一枚以外なにもまとっていなかったリュシエンヌの体はす

ぐに露わになって、明るい陽の中、体を晒す羞恥にリュシエンヌは逃げようとした。

「逃がしはしない」

強い腕でリュシエンヌを抱きしめたヴァランタンは、残忍なまでにはっきりとした声でそう言った。

「おまえは、もう私のものだ……この髪も、手も、体も……すべて、私のものだ」

「あ……っ、ん、ん……、っ」

寝台に押し倒されたリュシエンヌは、かがみ込んでくるヴァランタンの手に顎をつかまえられ、くちづけられた。

呼気を奪われる、激しいくちづけ。まるでリュシエンヌをその場に釘づけておこうというような強いキスにリュシエンヌは喘ぎ、すぐに胸がはぁはぁと上下した。

「に……さ、ま……っ……」

「リュシエンヌ、触れてみろ」

ヴァランタンの手が伸びる。彼はリュシエンヌの手首を摑むと、シャツ一枚の逞しい胸に当てた。張りつめた胸筋の硬さに、どくりと心臓が鳴る。同時に、手に伝わってくるのも同じ鼓動だと気がついた。

「お兄さま……も……？」

「ああ」

彼は、リュシエンヌの瞳を覗き込みながらうなずいた。

「おまえを抱くというのに、落ちついてなどいるわけがないだろう？」

「抱く……な、ん……っ……」

拒もうとする言葉は、より強いくちづけに塞がれた。上下する胸はさらに激しく、苦しくて顔が熱くなってくる。その間にもヴァランタンの手はうごめき、リュシエンヌの胸をなぞっていく。

「ん、……く、……ん、っ、……」

どく、どくと心臓が高鳴る胸に触れられる。指先で赤く染まり始めた乳首を摘まれ、きゅっと擦られると下半身がぴくりと反応した。腿の上を膝で押さえられ、くちづけはより深く、胸をもてあそぶ手は巧みに、リュシエンヌの体の熱をあげていく。

「や、ぁ……、っ、……」

摘まんだ乳首を、くりくりと捻られる。ずくん、と体中を走る愉悦があって、それはリュシエンヌの両脚の間を濡らしていく。

あのワインを飲んでもいないのに自然にそこが潤っていくのは、リュシエンヌの体がこの行為にすっかり慣らされたからか。心では兄に組み敷かれるなど、といまだ拒否を示しているのに、体が素直に反応してしまうのは、ヴァランタンの言うとおり、リュシエンヌの血がワインになってしまっているからなのだろうか。

「つあ……あ、あ……、っ……」

強いくちづけをほどかれ、今度は子供をあやすようにちゅ、ちゅ、と音を立ててキスされる。それがくすぐったくて思わず笑うと、大きな手が乳房を掴んでぎゅっと力を込められた。

「ひ、ぁ……あ、あ！」

「なにを笑っている？」

力強い手に掴まれるのは痛いはずなのに、今は快楽しか伝わってこない。びりびりと走る愉悦に体を跳ねさせるとそれを押さえ込まれ、すると快感を逃がす方法がなくて熱は体の奥に溜まっていく。

「そのように、余裕を見せるのなら……容赦してやらんぞ」

「や……ぁ、あ……！」

なおも、ちゅくちゅくと唇を吸われる。両の手が乳房を掴んで、形が変わるほどに揉みあげる。それが体を走る性感に触れて、リュシエンヌはびくんと体を震わせた。

「よ、ゆ……なんか、じゃ……」

「それでは、私を求めていると言うか？」

唇を舐めあげながら、ヴァランタンは淫らな口調で尋ねてくる。

「私に、抱かれたいと……私のものを、受け止めたいと？」

「いや……！」

リュシエンヌは、はっとした。手の怪我を舐められる快感に溺れて、ここまで許してしまった――けれど、相手は兄で。シャイエではない――リュシエンヌの胸には絶望が広がって、のしかかってくる逞しい体を押しのけようとした。

「違うの、お兄さま……」

「しかしおまえの体は、そう言っているではないか」

「あ、ん……っ！」

ヴァランタンの指が、勃ちあがったリュシエンヌの乳首を弾く。思わず艶めいた声があがり、体がベッドの上で跳ねる。

「うんと濃い、ワインがほしいと言ったな？　望みどおりにしてやろう」

「や、ぁ……、っ……」

片手と下半身でリュシエンヌの体を押しつけたまま、ヴァランタンは上体をあげた。ベッドのかたわらに手を伸ばす。きっとそこにあのワインの瓶が置いてあるのだ。

「リュシエンヌ」

彼はひと言そうつぶやいて、そしてまたくちづけてきた。そっと唇を押し当てられて、すると舌がすべり込んでくる。口を開けさせられて、同時に甘いワインの味がした――流れ込んでくる。ごくり、と飲み下すと、とたんに指先までがかっと熱くなった。

「あ、……ん、ん……、っ……！」

　リュシエンヌの血も、あのワインと化している――その言葉は本当だったのかもしれない。口移しに飲まされたワインが体に沁みとおる。すると奇妙な安堵とともに体が熱くなっていく。頭がぼやけて目の前が霞んで、しかし神経ははっきりと、のしかかる男の重みを感じている。

「ほら、音がしている」

　愉しげに、ヴァランタンがささやく。

「おまえの女が、私を呼んでいる……挿れてほしい、となと」

「やっ……、ちが、う……」

　リュシエンヌは大きく身震いをした。そんな彼女をなだめるように、逆にもっとと追いつめるようにヴァランタンはリュシエンヌの下肢を撫でた。リュシエンヌは大きく身震いし、洩れた声はまるで甘える猫のようだった。

「焦らずとも、挿れてやるとも……私が、おまえの体を充分に味わってからな……」

「いぁ……、っ、あ……」

　口腔に、そして唇にもワインを塗りつけ沁み込ませるように、ヴァランタンはリュシエンヌの唇をもてあそんだ。ちゅくん、と音を立てて離れた唇は、リュシエンヌの耳に這う。縁にキスされ、唇で挟んで揉むようにされる。くちゅくちゅと粘ついた音があがり、それがリュシエンヌをぞくぞくとさせた。

「このようなところも、感じるのか」

ヴァランタンの声はやはり愉しげで、しかしそれに羞恥を感じる神経は痺れてしまっている。ワインが血と混ざり、発熱したリュシエンヌの体は快楽のみを受け入れ、組み敷かれた肢体はびくびくと跳ねる。

「ここも……ここも、か……？」

「やぁ、……ん、……、っ……」

熱い、ヴァランタンの唇が首筋をすべる。ちゅ、ちゅ、と音のするくちづけを刻まれ、そこはきっと痕になっているだろう——自分の首に咲く紅《あか》い花のことを思うと、また体中が熱くなった。

「あ、や……、はや、……く……」

リュシエンヌは身を捩る。

「や……、ん、な……こと、ばか……り……っ」

「しかし、おまえの体があまりに甘いのでな」

濡れた痕に、ふっと呼気がかかる。その吐息の熱にも反応してしまい、リュシエンヌはびくんと体を震わせる。

「味わわずにはいられないのだ……こうやって、隅から隅まで、な」

「やぁ、あ……あ、……ん、っ……」

肩にくちづけられ、やはりきゅっと吸いあげられる。それにぶるぶるとわななくと同時に、下肢がじくりと疼いたのがわかった。蜜が流れ出している。そこは挿れられるものを求めて、震えている。

「シャイエ……」

思わず口から洩れた名に、リュシエンヌは考えが及ばなかった。同時にがりっと肩に咬みつかれ、はっと大きな息が洩れる。痛みは快楽となってつま先まで走り抜け、リュシエンヌの体は大きく反った。

「ああっ……、……、っ……、っ」

「達ったか」

歯の痕を舐めながら、ヴァランタンがつぶやく。リュシエンヌは、なぜ彼がいきなり歯を立てたのか、なにが彼を煽り立てたのかわからない。ただ体の中心を走った奔流《ほんりゅう》についていけず、はぁはぁと激しく呼吸をする。

どく、どくと激しく打つ心臓の鼓動を受け止めるようにヴァランタンの手は左胸に置かれていた。包み込むように乳房を掴まれ、その水色の瞳で見つめられて、心臓はまた新たに激しく跳ねる。

「大胆不敵な、と言わねばならんな……」

「な、にが……?」

リュシエンヌを見つめる瞳は、怒っているようだ。しかしきつく睨みつけられても、リュシエンヌにはその理由がわからない。ぱちぱちとまばたきをすると、目の縁から快楽の涙がしたたり落ちた。

「油断したのは私だ。これも、自業自得か」

「お兄さま?」

そのまま鎖骨を舐めあげられて、はっと声があがる。骨に沿ってかりかりと歯を立てられ、中央のくぼみを舐められた。

「はぁ……ん……、っ……」

体は刺激を受けるごとに反応し、身を捩っても男の体が動くことを許してくれない。身じろぎすらできない状態では快楽が発熱したような温度を持ち、リュシエンヌの指先までを炙る。

「おまえには、私の名以外のすべてを忘れさせてやる……」

先端の尖った乳房を揉みしだき、リュシエンヌに声をあげさせながらヴァランタンは言う。

「おまえが、私の名だけを呼ぶように……私以外、なにも見えなくなるように」

「おにい、さま……、っ、……」

両の乳房を捏ねられて、リュシエンヌは喘ぐ。ヴァランタンは指の間から飛び出した紅い尖りを舐め、歯を立ててはまた舐め、リュシエンヌのさらなる声を誘い出す。

「ひぅ……、ん、……、っ、……！」

「こちらも、こんなに尖らせて……私の手の中で感じているのに」

おまえは、と彼は吐息でささやく。それさえもが刺激になって、リュシエンヌは下肢を震わせた。どくり、と蜜が溢れる。それが腿を伝ってベッドに沁み込んでいくのを、リュシエンヌははっきりと感じ取った。

「おまえは……どうしようもない女だ」

「いぁ、あ……、っ、……」

「見た男を虜にする、魔性の娘……」

「っあ、あ……ああ、あっ！」

ちゅく、ちゅく、と音を立てて吸われる。きゅっと力を込められると、体の芯を甘い痙攣が走り抜けていく。目を閉じるとつま先にまで流れ込む熱があって、それにびくびくと震えた。

「私を虜囚《りよしゆう》にして離さぬ、悪魔のような……」

彼の指はなだらかな腹部をなぞり、そのまま両脚の間に挿り込んでくる。乳首同様尖った芽を摘まれて、リュシエンヌは甲高い声をあげた。乳首を交互に吸われながら芽をいじられるのはまるでそのまま堕ちていくような快楽で、目の前がちかっと光った——視界が白く塗りつぶされて、全身が脱力する。

「あ、あ……、っ、……」

「また達ったのか？」

敏感になりすぎた芽を指先で押しつぶしながら、ヴァランタンが呆れたような声を出す。

「だ……、っ、て……」

「私の悪魔は、本当に感じやすい……」

「ひぅ、う……ぅ、っ！」

ほんの少しの動きも感じとるほど敏感になった芽は、つぶされ摘まれ、きゅっと捻られてたまらない快感を呼び起こす。ヴァランタンの指がうごめくたびにリュシエンヌは甲高い声をあげて反応し、体は何度も跳ねてはベッドを軋ませた。

「いぁ、あ……、っ、……ああ、あ……あ！」

そんなリュシエンヌの体の秘密を暴きながら、ヴァランタンの唇は下へとすべっていく。指がすべった腹部を、そこのくぼみを舐めてはリュシエンヌに声をあげさせ、やがては髪と同じ色の淡い茂みに辿り着く。

「脚を開け」

彼は冷静な声で、そう命じた。リュシエンヌはびくりと震え、逆に脚を強く閉じた。

「開け。……指だけではない、この舌で、歯で、おまえを愉しませてやるから」

ヴァランタンの声に、ぞくりとしたものが全身に走る。リュシエンヌは戸惑いながらも、ゆっくりと脚を開いた。ヴァランタンの手が膝にかかり押し拡げられて、リュシエンヌはもう慎《つつし》み深い格好を取ることができない。

「いい子だ」

そう言って、ヴァランタンはゆっくりとリュシエンヌの下肢に唇を押し当てる。濡れて震える花びらにキスをされて、リュシエンヌは声をあげた。

「そう……そのまま、感じておいで。かわいい子」

なだめるようにそう言いながら、ヴァランタンはぺろりと花びらの端を舐めた。ひくん、とリュシエンヌの体が震える。

「や、ぁ……、っ、……」

「ここを、こうされるのは好きだろう？」

花びらの端に咬みついて、ちゅくりと吸いあげながらヴァランタンは言った。

「咬まれても、感じるのだな。ほら……蜜が溢れてきた」

「や、めて……、お兄さま……」

ふるふると、全身をわななかせながらリュシエンヌは言った。

「いや、なの……、そんな、ところ……」

「やはり、おまえは嘘つきだ……嘘つきの、悪魔だ」

軽く咬んだまま、きゅっと引っ張られる。するとますます蜜がこぼれたことを、リュシエンヌは感じていた。

「それとも、いや、と言うことでもっと感じるのか？　それが、おまえの手管か？」

「て、くだ……？」

ああ、とリュシエンヌは声をあげた。厚い舌が入り込み、花びらの間に這ったのだ。じゅく、じゅくと啜りあげられてリュシエンヌは思わずヴァランタンの銀色の髪に手をやる。大きく背を反らせ、つま先にまで力を込めた。

「ああ……、ぁ、っ、ぁ……、っ、……！」

指先にまで流れ込む熱。あまりの熱さにリュシエンヌは目を見開き、痙攣する体をもてあましている。それ以上の過剰な快楽を与えようとでもいうのか、ヴァランタンはなおも花びらを吸って、リュシエンヌを追い立てる。

「や、め……、やめ、て……、っ、……」

「いいや、やめない」

指がすべって、尖りきった芽を摘まむ。きゅ、きゅと少し力を込められただけでリュシエンヌはまた達してしまい、どくりと蜜が溢れる。

「ほら……少し、白濁してきたな。おまえが、体の奥から感じている証拠だ……」

「やぁ、……ん、っ、……、っ……」

彼は蜜をすくい取り、リュシエンヌに見せようとでもいうのか手を近づけてくる。ぎゅっと目をつぶり、顔を逸らせたリュシエンヌの唇にそれが塗りつけられ、リュシエンヌは自分の蜜の味を知ることになる。

「いや、ぁ……、っ……」

それを拒む彼女を、ヴァランタンはくすくす笑いとともに見ている。指は濡れたままそっと蜜口をなぞった。そこは挿れられるものをねだってたやすく口を開け、ヴァランタンの指先を呑み込んだ。

「や……あ……、っ、……ん、っ……」

蜜襞が、悦んできゅううと収縮するのがわかる。自分の体の淫らな変化にリュシエンヌはただ声をあげることしかできない。

「っあ、あ……、っ、……、っ、……！」

挿り込む指が、二本に増えた。それで蜜口を拡げられ、熱く潤った部分に冷たい空気が入ってくる。それにさえ感じ、声をあげるリュシエンヌをヴァランタンは笑った。

「かわいいな……、まったく、おまえはかわいい」

濡れた襞を、ぐちゅぐちゅとかき乱しながらヴァランタンはささやく。

「ここを、こんなに反応させて。自分でも感じられるか……中が動いて、私の指を食い締めている……」

「やぁ、あ……、っ、……、っ、……」

「中も、どろどろだ。いくら吸ってやってもきりがない……」

じゅ、じゅ、とリュシエンヌに聞こえるような音で、ヴァランタンは蜜を吸いあげる。幾重にも重なった花びらは舌でなぞられ、きりがないとの言葉どおり、絶えなく蜜を垂らしている。

「おまえは、本当に……これが、好きなのだな」

「やっ、……」

じゅくり、と中をかき乱されながら、リュシエンヌは喘いだ。

「そんな、こ、と……っ、……」

「いや、いじられただけでこれほどに濡らす女を、私は知らない……おまえほど、かわいい女をな」

かっ、とリュシエンヌの脳裏に走ったのは、奇妙な感覚だった。ヴァランタンのもの言いは、彼がほかの女をも知っているということであり——そのようなこと、不思議がることでもないはずなのに、リュシエンヌの胸はちりりっと焼けた。

「いや……、いや。おにい、さ……ま……！」

体を反らせて、リュシエンヌは喘ぐ。

「早く、わたし……を……！」

「おまえを？」

なおも吸い立て、舌で舐めあげ、指で抉りながらヴァランタンは問う。

「おまえを、どうしろと？」

「わ、たし……、に、……おにいさま、の……」

自分でも、どうしてしまったのかわからない。そのための言葉も見つからないままに、リュシエンヌは身を捩った。

「私の……？」

「ああ！」

思わず大きな声があがる。リュシエンヌは自ら、大きく脚を開いた。手を伸ばし、指先がヴァランタンの唇に触れてはっとする。

「わ、たし……を、満足……させ、て……っ……」

ヴァランタンが舌なめずりをしたのが、目の端に映った。リュシエンヌの指はヴァランタンのそれと絡み、引きずられるように体内に挿り込む。ぐちゅ、とそこは三本の指を呑み込み、突然の質量にリュシエンヌは目を見開いた。

「おまえは、どうしたら満足するのだ？」

リュシエンヌの指を絡めたまま、膣内《なか》がかきまわされる。じゅくじゅくと淫らな音を立てながら指はうごめき、腹の奥の炎が大きく燃え盛るのをリュシエンヌは感じる。

「教えてくれ……おまえが、満たされる方法を……」

「あ、あ……、っ、……」

もうひとつのヴァランタンの手に促されるように、リュシエンヌは起きあがった。目の前に、ヴァランタンの恐ろしいほどに整った顔がある。その水色の瞳に見つめられ、リュシエンヌは燃えるような熱さの中に走る寒気を感じた。

「おに、さ……ま……、の、これ……」

導かれるまま、リュシエンヌはヴァランタンの下肢をまたぐ。ゆっくりと腰を下ろすと、先ほどまで舌と指で乱されて濡れそぼった秘所に、熱いものを感じてびくりとした。

「こ、れ……、ぁあ……ああ、あ……っ……」

「これ、か？」

「ああ、っ！」

硬い先端が、蜜口を破ろうとする。思わず腰を引いたリュシエンヌ自身とは裏腹に、そこは挿ってくるものを悦んで受け止めた。

「これが……ほしいと、言うか……？」

「やぁ、ああ……ああ、っ……」

じゅくり、とそれはリュシエンヌの体を引き裂く。しかし伝わってくるのは痛みではない、震えるほどの快楽だ。

「ああ、あ……あ、あ、……っ……」

ぞくぞくっ、とつま先まで震えながら、リュシエンヌはそれを受け止める。蜜襞が拡げられる。深い部分に、ゆっくりと熱杭が入ってくる。内壁はさらなる蜜を流しながらそれに絡みつき、そんな自分の体の反応が心地よくてたまらない。

「ぃあ、あ……っ、ん、……、っ……」

「満足か？」

リュシエンヌの腰に手を置き、彼女の体を支えるヴァランタンがそう問うた。

「どうだ……満たされたか？」

いいえ、とリュシエンヌは首を振る。自分の髪が、濡れた頬を叩くのさえも快感だ。

「ま、ぁ……だ……」

「では、どうすればいい」

「もっと……、深く……、っ……」

同時に、ずくんと突き立てられる。蜜壁はいきなりの突きあげに悲鳴をあげ、しかしそれはやはり愉悦でしかなかった。

「ふ、か……、っ、く……、っ……」

「こう、か？」

ヴァランタンの両手はリュシエンヌの臀《しり》にかかり、柔らかい肉に指が食い込む。そうやってリュシエンヌの体を上下させ、自らもまた腰を引き、突きあげ引いて、リュシエンヌの秘所をかき乱していく。

「ひぁ、あ……あ、ああ、っ……！」

「どうだ、満たされたか……？」

はっ、と自らも荒い息を吐きながら、ヴァランタンが耳もとに口を寄せてくる。

「深いところ、まで……挿ったか……？」

「ああ、挿っ……、挿って、……る……」

腰を揺すりながら、リュシエンヌは背を反らせる。それを支えるようにヴァランタンの手がすべってきた。ぎゅっと抱きしめられて、リュシエンヌは目を見開く。自分が男の下肢に座って彼を呑み込み、くわえ込んで悦んでいるということにはっとしたのだ。

「いや、……、ぁ……、っ、……」

我に返ったリュシエンヌは、逃げようとした。しかし腰をしっかり摑まれていて逃げられない。同時に、頭の頂点までをも貫く過ぎる快楽を味わうことからも逃げられなかった。

「やぁ、あ……、っ、……、ぅ……！」

「なにが、いや、だ」

ぱん、と臀を叩かれる。その刺激すら快感になる。リュシエンヌの視界が、さっと曇った。

同時に頬を温かいものが流れていく。

「ああ、泣くな」

頬にくちづけられる。ちゅく、ちゅく、と涙を吸い取られ、しかし体の熱はあがっていくばかりだ。自分の淫らさに羞恥する心、もっと、と貪欲に求める心。それらが同時にリュシエンヌの体の奥で渦巻いて、どうしようもない愉悦へと変わる。

「痛くて泣くのではないのだろう……？　もっとしてほしい……もっと、と、望んでいるのだろう？」

「な、で……わ、か……、っる……の……？」

わななきとともに、リュシエンヌは尋ねた。

「おまえのことなら、なんでもわかる」

そう言って彼はにやりと笑い、ずんと腰を突きあげる。ひっ、と嬌声が洩れ、また柔らかい部分を叩かれた。

「こうやって、男を呑み込んで悦ぶことも……叩かれて、感じることも」

「や、ぁ……、っ、……」

「もっと深い場所に、子種を注いでほしいと願っていることもな……」

そう言って、ヴァランタンはなおも突きあげてくる。彼の膝の上で激しく上下に揺すぶられながら、リュシエンヌは新しい涙を流す。快楽が過ぎると涙になるのだと、リュシエンヌはヴァランタンに教えられた――。

「いあ、ぁ、……、っ、……、っ……！」

蜜襞は収縮を繰り返し、中を出挿りするものを締めつける。ヴァランタンが微かに呻き、熱い呼気が濡れた頰にかかるのがたまらない。リュシエンヌはなおも声をあげ、それにヴァランタンの低い呻きが絡む。

「リュシエンヌ……」

ずん、と深い部分を抉ったヴァランタンが、絡みつく声でつぶやく。

「出すぞ」

「……っ、あ……、あ、ああ！」

同時に、呑み込むものがひとまわり大きくなったかのように感じる。リュシエンヌは目を見開き、大きなひとしずくが目の縁からこぼれ落ちた。

「いや……、おにいさま、……、い、や……、っ……」

「……聞こえないな」

そう言って彼は、律動を早めた。ずく、ずくと突きあげられて、リュシエンヌの言葉は崩れてしまう。

「や、ぁ……、っ、……、っ、……！」

どくり、と腹の奥に放たれたものがある。熱すぎる飛沫《しぶき》は体中を焼くようで、リュシエンヌの唇からは長く、細い嬌声が洩れた。

「……っ、あ……、……、っ、……」

「ん、……、っ……」

同時にリュシエンヌの秘所も強く締まり、何度も味わった絶頂が走る。指先にまで痙攣が流れ込み、沁み込んでいく熱いものと同様、リュシエンヌの意識を飛ばしてしまう。

「ん、……、っ、……、っ……」

がくり、と体がくずおれる。それを強い腕が抱きとめた。ひく、ひく、とリュシエンヌの体は引き攣れて、ヴァランタンの体にもたれかかることしかできない。

「い……う、……、っ、……」

重なった胸が、同じ鼓動を紡いでいる。どく、どく、と伝わってくる鼓動に身を任せていると、やはり兄の胸にもたれて昼下がりの優しい眠りを貪った記憶が蘇ってくる。

「愛している、リュシエンヌ」

そうやって、優しい記憶を共有する兄は——男で。リュシエンヌをどうしようもない情欲に突き落とす男で、そのことを改めて知らされた激しい情交の末、リュシエンヌはまた世界が白く塗りつぶされていくのを知る。

「……愛している」

そうささやかれて、リュシエンヌはなんと答えたのだろうか。自分でもなんと言ったのかわからないまま、衝動のままに口を動かし、なおも体に走る震えに身を任せる。

「あ、あ……、っ、……、っ……」

白くなった思考を、一筋貫いたのは誰の面影だったのか。その人物は、何色の髪をしていただろうか。

第五章　兄との深い夜

気がつけば、寝台の上にいる。

あのワインの味を覚えてから、幾度そんな目覚めを迎えただろうか。しきりにずきずきと頭が痛むのは、気絶するまで攻め立てられた激しすぎる情交のせいか。ワインの効果が醒《さ》めてみると、自分はなんということをしたのかと思う。

自らねだり、脚を開いた。思い出すだに恥ずかしい言葉を口にした。そのことが蘇ると、顔がかっと熱くなる。ワインは記憶を消してくれるまでの効果はなくて、それどころか自分の痴態までが鮮やかに脳裏を駆けるのだ。

(記憶も、消してくれたらいいのに)

頭だけではない、両脚の間が痛い。ここに兄を受け入れて、喘いだ自分の醜態を思うとたまらなくて、リュシエンヌは大きく首を横に振った。そして立ちあがる。ベッドから降りるとさらなる頭痛と体の怠《だる》さが辛くてたまらなかったけれど、自分の体を叱咤して窓辺に向かった。

「……あら？」

窓から屋外を見下ろす。この部屋は二階か三階か、庭園がずいぶん遠くに見えた。

眼下には、数人の男たちがいた。シャツの腕を捲りあげて働いている者たちは、庭師だろうか。土を掘り返し、なにかの株を植えている。

「薔薇……？」

植えられている株には、花が何輪かついていた。白い薔薇、紅い薔薇、黄色い薔薇。薔薇の株は屋敷を取り囲むように植えられて、殺風景だった庭を彩っている。あの株たちが根づき、もっとたくさんの花が開くようになれば、この建てものも『春月の舘』と呼ばれるにふさわしいものになるだろう。

「お兄さま」

鍬《すき》で土を掘り、株を植えている男たちに指示を出している人影は、ヴァランタンだ。彼もまたシャツの袖をまくり、髪を後ろにきつく束ねている。ここからはよく見えないけれど、その手は土で汚れているようだ。

「皇子が……自ら？」

庭師の先導を取るなど、ありえない。あの庭師たちも、皇子直々の命令を受けてさぞかし緊張していることだろう。

(わたしが……薔薇がほしいと言ったから？)

どくり、と心臓が鳴る。同時に頭もつきんと痛む。この舘に入ったとき——まだなにも知らなかったとき。ヴァランタンが訪ねてくるたびに薔薇をひと株ほしいと言ったのはリュシエンヌだ。その約束を覚えていて、あのように薔薇を植えさせているのだろうか。

（わたしの願いを……聞いてくださった？）

そう思うと、胸がどきどきと高鳴る。兄の無体を受け入れたわけではない――けれど、彼が自分を気遣ってくれているということに、その誠意を感じるような気がするのだ。

（それは、そうだわ。だって……お兄さま、ですもの。わたしの大好きな、ヴァランタンお兄さま……）

今も体の怠さがなければ、薔薇を兄からの贈りものと単純に喜べただろう。しかしリュシエンヌは、ヴァランタンが自分をひとりの女として求めていることを知っている。兄は、兄だ。幼いころからただ兄と慕ってきた人物を、夫と考えることなどできない。

「……ああ」

リュシエンヌは嘆息する。恐らく自分のために働いてくれているのであろうヴァランタンの姿から目を背けても、瞼の裏にはシャイエを残酷に殺したときの様子が浮かびあがるのだ。しかし兄は兄で、慕っていることには変わりなく――。

再び息をつき、リュシエンヌは痛む頭と重い体を引きずってベッドに戻った。再び横になり、すると少し頭痛がましになり、そのまま新たな眠りについてしまいそうな衝動を堪える。

（ワインがほしい）

うとうとと浅い眠りの中、リュシエンヌは思った。

（あのワインがあれば……頭が痛くなくなる。それに、よけいなことを考えずに済むわ）

その代わり、体は欲望を覚えるのだけれど。それを治めてくれるのはヴァランタンしかいないのだけれど、それでもリュシエンヌはワインを求めた。

（なにも……考えたくない）

絶頂の瞬間、頭の中が真っ白になるように。思考のすべてをなにかで塗りつぶしてしまいたい。心のすべてを一色に染めてしまいたい。そうしたからといってなにが解決するわけでもないけれど、それでもリュシエンヌは浮かぶ考えを消すことができなかった。


そっと、唇に柔らかい感覚を受けてリュシエンヌは目を開けた。

部屋は暗くなっている。束《つか》の間《ま》の眠りがリュシエンヌを襲っていたらしい。しかしほのかな灯りが近くにあって、それがくちづけの主を教えてくれた。

「お兄さま……」

「まだ、辛いのか？」

ヴァランタンは、眉間に皺を刻んでリュシエンヌを見つめている。そのような顔で見つめられると、このまま彼に流されてしまうように感じて、リュシエンヌは視線を逸らせた。

「さっき……、薔薇を、植えていらっしゃったわね」

「さて」

にやり、といたずらめいた笑みを浮かべ、ヴァランタンは手にしていた蠟燭《ろうそく》立てをかたわらに置いた。

「庭の手入れなど、私の仕事ではないが？」

「だって、見たもの。白や赤や……薔薇を、庭に植えてらしたわ」

「だったら、どうしたというのだ？」

ヴァランタンはなおもリュシエンヌをからかうような笑顔だ。庭仕事をしていたなど、皇子にふさわしくない振る舞いを見られたのを恥じているのかもしれない。

「お兄さまは……」

――わたしを、どうしたいの。

本人を目の前にすると、混乱が強くなる。また頭が痛むのを覚えて、リュシエンヌは言った。

「あの……ワインを」

「ワインだと？」

ええ、とリュシエンヌはうなずいた。

「頭が痛いの。あれを飲むと、痛くなくなるから……」

「おまえ、あのワインを私の前で飲むということがどういうことか、わかっているのだろうな？」

「だって……頭が、痛くて」

この頭痛はなにゆえなのだろう。ときおり現れてはリュシエンヌを悩ませる。しかしあのワインを飲めば治まることを、経験上リュシエンヌは知っていた。

ヴァランタンはなにも言わずに離れ、部屋の隅の闇に彼の姿が溶けた。再び現れたヴァランタンは手に赤い液体の入った瓶を持っていて、リュシエンヌの胸は高鳴る。

彼はもうひとつの手に持っているふたつのグラスを、ベッドの脇のテーブルの上に置く。瓶の栓が抜かれ、こぽこぽと赤い液体がグラスに満たされるのを、リュシエンヌは見ていた。

「いただいても……いい？」

「ああ」

ヴァランタンが最後まで言うのを待たず、リュシエンヌはグラスを取りあげた。ワインを一気にぐっと飲み干すと、かあっと頬が熱くなる感覚とともに、角砂糖が溶けるように頭の痛みが消えていく。

「……は、っ、……」

痛みから解放された安堵に、リュシエンヌはため息をつく。同時に頬だけではない、体の奥から熱いものがこみあげて、リュシエンヌは何度も息を吐いた。

「あ、……、っ、……、っ……」

ヴァランタンは、自らもグラスを傾けながらそんなリュシエンヌを見つめている。彼の視線が痛い。リュシエンヌは首を傾げてヴァランタンを見やる。すると彼の水色の瞳とまなざしが絡み合った。

「おにい、さま……」

なにも考えられない。体の奥に、炎が熾ったかのように熱い。はっ、と吐き出したワインの香りのする吐息は艶めいていて、自分でもその衝動を抑えられない。

「……シャイエ」

目の前にいるのは、誰だろう。一気に飲み干したワインはリュシエンヌの思考を危うく揺らしていて、やはり自らどうしようもない情動のままに、リュシエンヌは手を伸ばした。

「まだ、あの男の名を呼ぶか……？」

「あの、男……？」

意識がぼやけて、彼がなにを言っているのかわからない。そもそも、目の前の男は誰なのか。それをはっきりと認識できないまま、リュシエンヌは手を伸ばした。手首を強く摑まれる。火照る肌に冷たい手の温度を感じて、リュシエンヌはびくりと大きく身を震わせた。

「いや……、いた、い……、っ……」

「あの男のことなど、忘れさせてやる」

手をぐいと引かれ、彼の胸に飛び込む形になる。厚い胸の感覚を知って、リュシエンヌは目を閉じた。頭の痛みは消えて――よけいな思考も飛び去った。

「おに……、さ、ま……」

そう言うと、自分を抱きしめる男から怒気は伝わってこない。リュシエンヌはほっと安心し、もう一度そう呼びかけて身を擦《す》り寄せた。

「あ、つい……」

腹の奥の炎が、全身を包む。リュシエンヌは咽喉もとに手をかけると、指先に触れたリボンをしゅるりと解いた。

「……あ」

少し、熱が放出されたような気がする。リュシエンヌはほかのリボンも探して指を胸もとにさまよわせる。するとその手を握る冷たいものがあった。

びくん、とリュシエンヌはその冷たさから逃げようとする。目を開けると冷たいものはヴァランタンの手で、それはドレスについているリボンをひとつひとつほどいていく。

「あ、……、っ、……」

簡単な作りの夜着のようなドレスは、すぐに脱げた。リュシエンヌは全裸になってベッドの上にいて、とろんと濁った目でヴァランタンを見つめていた。

「お兄さま……脱いで」

甘えるように、リュシエンヌは言った。

「わたしみたいに……裸になって」

「おや、ずいぶん積極的なことだ」

からかうように、ヴァランタンは言った。彼は焦らすことなくシャツを脱ぐ。鍛えられたしなやかな体が現れた。

「この体に抱かれたいと……そう、言うのだな」

「だって、お兄さまは……わたしを、愛してくださっているのでしょう？」

リュシエンヌは、その胸に頬ずりした。張りつめた筋肉の感触が心地よい。リュシエンヌは何度も頬をすべらせ、ぼんやりとした頭に浮かぶ言葉を綴った。

「わたしがお父さまとお母さまを失ったということは、お兄さまもあれほどお慕いだったお父さまを亡くされたということ」

触れる心臓が、胸の奥でどくりと音を立てた。その音を、リュシエンヌは奇妙に感じた。この奥に、なにかがある。

「わたしが、お兄さまのお慰めになるのなら……お役に、立ちたいと思って」

「……なに？」

ヴァランタンの口調に、苛立ちが生まれた。彼はリュシエンヌの体を押し伏せると、改めて激しくくちづけをしてくる。

「ん、……ん、ん、……、っ、……」

「私を、慰めるだと？　生意気なことを言うな」

リュシエンヌの呼気を奪いながら、ヴァランタンは呻く。

「おまえは……私にもてあそばれていればいい……、私のかわいい、人形のごとく！」

「それが、お兄さまの本当のお心ですの？」

兄を疑おうとは思わない。しかし彼は、なにかを胸のうちに秘めている——それはいつか聞かせてもらえることなのかもしれないし、一生胸の奥に収めておくのかもしれない。暴こうとも思わないけれど、ただ彼の慰めになりたいと思った。

「なにが言いたい……リュシエンヌ」

「わたしは、ただ……お兄さまをお慰めしたいたいだけ」

甘えて擦り寄ると、今度はリュシエンヌのほうからくちづけをした。そっと合わせた唇は熱く、それにリュシエンヌは怯んだ。

「そのようなことを言って……悔いることになるぞ」

「そうかもしれません。けど……」

今度は、ヴァランタンからのキスを受ける。唇を合わせてきながら、彼は言った。

「あの男のことは、もういいと言うのか？」

最初は、彼の言葉の意味がわからなかった。それがシャイエのことを指していると気がついて、リュシエンヌはぼんやりとした意識をヴァランタンの瞳に向けた。

「愛していたのだろう？　先ほども、名を呼んでいたではないか」

「……そうかも、しれません」

ヴァランタンは、なにを言っているのだろう。ぼやけた意識では彼の言葉を理解できず、リュシエンヌはゆっくりと何度もまばたきをした。

「少し待て……リュシエンヌ。なにかが、おかしい」

「なにも、おかしいことなどありません」

リュシエンヌはヴァランタンにしなだれかかり、はだけた胸に張った筋肉に沿って舌を這わせた。彼が、低く呻く。それが嬉しくてなおも舐めあげ、舌先に引っかかった小さな凝《しこ》りをくわえると、吸いあげた。

「リュシエンヌ……」

ヴァランタンは声を震わせる。それが体に沁み入る刺激となって、リュシエンヌも身をわななかせた。

ちゅく、ちゅく、とまるで赤ん坊のように、リュシエンヌは小さな尖りを吸う。そうすると、奇妙な安堵が全身を走るのはなぜだろう。それに舌を這わせ、また吸い、もてあそぶリュシエンヌの唇は、無理やりに遠ざけられた。

「いたずらな……」

ヴァランタンが呻くようにそう言って、リュシエンヌをベッドに押し倒す。彼はなにかに押されたかのように唇を重ねてきて、きゅっと強く吸いあげた。

「あ……、ん、……、っ、……」

同時に舌を吸われ、ぞくりと背筋を走るものがある。その刺激は体の奥に広がって、リュシエンヌは深いため息をついた。

「ん……く、っ、……、っ……」

きゅ、と力を込めて強く吸われて、体のわななきは大きくなった。じん、と体中に沁み入る痺れはリュシエンヌの意識をますますぼやけさせ、縋りつく体のことばかりを考えてしまう。

「あ、あ……っ、……、っ……」

舌を絡められると、くちゅくちゅと音がして体の熱があがる。リュシエンヌも応えるように舌を絡め、ふたりの舌は生きもののように巻きつき合った。

唾液を啜り、舌の表面を擦り合わせる。ざらりとした感覚が心地よい。何度も彼の舌を舐めて、溢れる蜜を飲み下す。するとあのワインを飲んだかのようにうっとりと、陶酔するような感覚が走った。

リュシエンヌは手を伸ばし、ヴァランタンの首もとに腕を絡ませる。彼を抱きしめ、引き寄せる。するとくちづけはますます深くなって呼吸ができなくなった。

「ん、っ、……、っ……」

息苦しい、しかしそれがたまらない。じん、と頭の芯が痺れる感覚を味わいながらのくちづけにリュシエンヌは夢中になり、ますます強く舌を絡め、唇で食むようにして彼の味を味わう。

「やぁ……、っ、っ、……、っ……」

ちゅくん、と音がして、くちづけがほどかれる。ふたりの間には銀の糸が伝い、それがぷちんとちぎれるのを、リュシエンヌはぼやけた視線の中見つめていた。

「い、や……、っ……」

「なにが、いやだ」

リュシエンヌは、銀色の糸を追いかけた。体を起きあがらせるとヴァランタンの唇に吸いつくようにし、そのまま彼の顎に、咽喉に、胸もとに舌を這わせる。

彼の筋肉の浮いた腹を、そしてその先、勃起《ぼっき》して先端から淫液を流す彼自身に唇が触れる。

「リュシエンヌ……」

ちゅくり、とその先端を舐める。伝わってきた味はやはりあのワインの味にも似て、リュシエンヌの頬を走る熱がかっとあがった。

くちづけで濡れている口を開き、男をくわえる。開いた口にぐっと突き込まれ、一瞬息ができなくなる。その苦しさも快楽となって、リュシエンヌは衝動のままに口腔の熱をぺろぺろと舐めた。

「……、っ、……」

頭上から、なにかを堪えるような声が聞こえる。それは甘く溶け崩れた声で、もっとほしくてリュシエンヌは舌を使う。形をなぞって何度も舌を往復させると、どんどんと甘い蜜が流れてくる。

「ん、く……、っ、……、っ……」

こくり、こくりと咽喉を鳴らしながらそれを飲み下す。飲み込みきれなかった蜜がしたたって、流れ落ちるのを追いかけて指を伸ばすと、硬い芯は濡れて粘り気を帯びている。それを扱《しご》き、先端を舐め、リュシエンヌは男の欲芯を愛撫した。

「っ、……ん、ん、……、っ……」

くちゅ、くちゅ、と淫らな水音が響く。その音にも煽られて、リュシエンヌは指を絡めて擦り、口腔のものを吸いあげ、先端を舐めるということに夢中になる。

「リュシエンヌ……、っ、……」

おまえ、とヴァランタンが呻き、リュシエンヌの髪を掴む。彼がなにを言おうとしたかわからなかったけれど、リュシエンヌはなおも兄への奉仕を続ける。

どくり、と欲望がひときわ大きくなった。それをじゅくりと吸い、すると口の中で弾けた熱いものがある。

「ん、……、ん、ん……っ……」

口腔を満たした欲液は、今まで啜っていたものとは比べものにならない濃さで、あのワインよりも甘く、どろりとしていて、ごくりと飲み干すと衝動を伝っていく感覚がたまらない。咽喉から腹までが焼けるようだ。

「あ、あ……、っ、……」

リュシエンヌは、耐えがたい吐息を洩らした。ぞくり、と背筋に痙攣が走る。まるで体の奥を犯されたような感覚に囚われたまま再び男根に口をつけようとしたリュシエンヌは、くいと髪を引っ張られた。

「や、ぁ……」

「いや、ではない。この、いたずらが……」

ヴァランタンの声が掠れているのは気のせいではないだろう。リュシエンヌは顔をあげ、視界の先に欲に濡れた水色の瞳を見る。その色はさらにリュシエンヌをぞくぞくとさせ、釘づけになり目が離せない。

「っ、ん、……、ん、……」

そのまま髪を引きずられ、唇を奪われる。塞がれて吸いあげられると、口腔に残っていた欲液を啜られることになる。んっ、と声をあげてリュシエンヌは抵抗した。

しかしそのまま体を押し倒されて、腿の裏に手を置かれるとどうしようもない。大きく開かされた脚の間が濡れていて、ひやりとした空気にぴくりと震えたのはヴァランタンの目にも入っただろう。

「や、ぁ……、っ、……」

「いやがってなど、いないくせに」

横倒しになって、左脚を大きく開いたリュシエンヌの谷間にヴァランタンの手が這ってくる。指が少し花びらに触れただけでリュシエンヌは大きく身を引き攣らせ、何度も胸を上下させて喘いだ。

「やぁ、あ……、っ、……」

ヴァランタンの指がくちゅりと花びらの形を撫でると、どっと蜜が溢れる。それを腿の内側に塗り込めるように、ヴァランタンは指を使う。その指の動きかたはあまりにももどかしくて、リュシエンヌは声をあげた。

「も、……、っと、もっと……」

「もっと……なんだ？」

くちゅ、と花びらの重なりに指をすべり込ませながら、ヴァランタンは乱れた声で尋ねる。

「おまえのしてほしいようにしてやろう……言え。どこを、どのようにしてほしい？」

「いぁ……、あ、あ……ん、んぅ……」

両脚の間から、水音が響く。そのように焦らすやりかたではない、指を突き込んでかきまわして、奥の奥まで深く抉ってほしい。

しかしワインのせいかヴァランタンの欲液のせいか、リュシエンヌの唇はうまく動かない。動物のような喘ぎを洩らすばかりで、ただもっとほしいと脚を大きく開き、はぁはぁと荒い息を吐いている。

「ああ、……おに……さ、ま……、もっと……」

「はっきりと言わなければ、このままだぞ？」

花びらをなぞられ、軽く爪が引っかかるだけでもびくりと体が反応してしまう。その指を突き込んで、乱して荒らしてかきまわして——。

「あ、……、っ、……」

しかし、それを口にする勇気はなかった。開いたリュシエンヌの唇は、体を寄せてきたヴァランタンのそれに塞がれる。ちゅく、と吸いあげられてぞくりと背に走るものがある。

「……や、ぁ……、っ、……」

紅を塗るように唇を舐められる。反射的に開いた唇には舌が入り込んできて、歯列を辿られた。歯に舌をすべらされても感じる。リュシエンヌは身震いしながらくちづけを受け止め、同時に下肢を乱される感覚に喘いだ。

「っ、ん……、ん、んっ、……」

リュシエンヌも舌を差し出し、彼のそれに絡める。ぺちゃ、くちゅと立つ音の艶めかしさは下肢からの音と絡まって、リュシエンヌを聴覚から興奮させる。

「ふぁ……、っ、……、っ、……、っ」

舌の表面を擦り合わせ、離れると銀色の糸が伝う。それが切れるのももどかしく再び唇を合わせて、吸う。ふたりの唾液が絡まり、リュシエンヌが口にしたヴァランタンの欲液の味も相まって奇妙な味が舌に広がる。

くちづけながらも、ヴァランタンの指はもどかしくリュシエンヌの下肢を這った。花びらの端を摘まんで、擦る。軽く引っ張ってあやすように指に絡める。すでに尖っている芽を指先でつぶし、ぐりぐりと刺激する。

「あ、……ん、や、……っ、……、っ……」

背中を突き抜ける衝動に、リュシエンヌは喘ぐ。芽はすっかり硬くなっていて、刺激を悦んで受け止めた。

「ああ、……っあ、あ……、ああ、あ……！」

指の間に芽を挟まれ、力を込められる。それにずくんと痙攣が走り、唇の間から声が洩れる。それさえも吸い取ってしまおうとでもいうようにくちづけは深くなり、リュシエンヌは呼吸も許されずにただ喘いだ。

「ん、く……、っ、……、っ、……」

刺激されるごとに、芽は敏感に尖っていく。ヴァランタンの指のどのような動きも快楽として受けとめるほどに感じやすくなったそこは、大きく脚を開かされた状態で空気が動くのにすら感じてふるふると震える。

「やぁ、……あ、あ……、っ、……、……」

ふっ、とヴァランタンが小さく笑った。くちづけた唇がわななないて、同時に強く芽を摘まれて、軽く引っ張られる。

「ひぁ、あ、あ……あ、ああっ！」

びりびりと、衝撃が走る——頭の中心までが痙攣した。突き抜けた快楽にリュシエンヌは、目の前が白く塗りつぶされたのを感じる。

「は……、ぁ……、ぁ……、っ、……」

くちづけはほどけず、呼吸ができなくて胸を喘がせていると、ヴァランタンの手がすべった。くち、くちと蜜口のをいじるのとは違うほう——大きな手が胸を掴み、形を確かめるように揉まれる。手のひらにつぶされた尖った乳首、中を貫く神経が反応し、リュシエンヌは息も絶え絶えだ。

「も、もう……、っ、……」

赦しを求めて、リュシエンヌは喘ぐ。

「やぁ、な……の……、っ、……」

「しかし、おまえは悦んでいるではないか」

唇で舌を、右手で乳房を、左手で秘所をもてあそびながらヴァランタンは言う。

「ここも、ここも……こんなに尖らせて。もっとたくさん、攻めてやりたいのに」

「だ、……って、……っ、……」

花園が疼く。花びらばかりをいじられて、中がもっともっと刺激を求めているのがわかる。そのもどかしさがさらなる性感を煽って、リュシエンヌは声をあげ続けた。

「や、ぁ……、っ、……！」

胸の尖りと、下肢の芽を同時に摘まれてリュシエンヌは甲高い声を洩らす。また体の中心の神経が、激しく反応した。

これ以上は耐えられない——そう訴えようとした。しかし唇は塞がれていて言葉を紡げない。呻くリュシエンヌを愉しむようにヴァランタンはくちづけを深くしてきて、その呼気を吸い取ってしまう。

「や、ぁ……、にい、さ……まぁ……」

リュシエンヌは手を伸ばす。ヴァランタンの背に腕をまわし、ぎゅっと抱き寄せる。そんなリュシエンヌにヴァランタンは少し驚いたようだったけれど、小さく笑っては唇を吸って、そして胸の尖りと下肢の芽を、同時に強く摘まんできた。

「ああ、あ……、っ、……、っ、……！」

「どうしてほしいのか、言ってみろ」

ちゅく、ちゅくと唇を吸いながら、ヴァランタンはささやく。

「ここを、こうして……それだけではないのだろう？」

「ち、が……、ああ、……、っ、……」

ぶるり、と身を震わせてリュシエンヌは、懸命に言葉を継いだ。

「ふ、かく……ま、で……、っ……」

「そうか、深くまで……ほしいのだな？」

ふっ、と小さく笑うと、ヴァランタンは唇を離した。彼は体を起こし、改めて下肢に指を這わせてくる。

まるで指一本一本が生きもののように動き、花びらを摘まんで捏ねた。溢れる蜜を擦りつけるようにしながら、指はゆっくりと蜜口を目指す。

「や、ぁ……、っ、ん……、っ……」

もどかしく、彼は指を動かす。蜜をすくっては塗りつけ、指を離したと思えばちゅくちゅくと捏ねられる。そのたびに、リュシエンヌは声をあげた。

そうやってリュシエンヌを焦らしながらヴァランタンの指は蜜園の奥に辿り着き、ひくひくと震えている淫口をゆっくりと開いた。

「あ、あ……、っ、……」

リュシエンヌは思わずため息をつく。二本の指が挿ってきて、くぱりと秘所を大きく拡げる。襞が引っ張られて新たな官能が生まれ、リュシエンヌは背を反らせて声をあげた。

「中から、どんどん溢れているぞ」

蜜口の襞を押し伸ばしながら、ヴァランタンは言った。

「ほら……きりがない。こぼれて、脚にまで伝っている……」

「いや、ぁ……や、ぁめ……」

大きく開いた脚の間を、ヴァランタンが凝視していることはわかっている。彼の視線までもが愛撫になって、リュシエンヌは大きく身を震わせた。

「挿れて……お願い。おにいさ、ま……の、……を……」

「私の？」

「やぁ、あ、あっ！」

同じ意地悪を繰り返すヴァランタンに苛立ち、リュシエンヌは身を起こそうとした。しかしその前に開いた脚をより大きく開かされて、彼が下肢を近づけてくる。

「ああ……、っ、……、っ……」

片脚だけをあげて大きく開いた谷間に先ほどリュシエンヌが舐めあげていた怒張が挿り込み、じゅくっという音を立てて、蜜口を抉った。

「や、ぁ……、っ、……、っ、……」

求めていた質量を受け止めて、リュシエンヌは息をつく。不自然な格好はますますリュシエンヌの感度をあげて、じゅく、じゅくと突き込んでくる欲望を途切れない喘ぎとともに受け入れる。

「んぁ、あ……、っ、……」

太くて熱い楔は、ゆっくりと挿ってきた。じりじりと蜜襞を拡げられ、もどかしい快感にリュシエンヌはなおも声をあげる。そんな嬌声を愉しむかのようにヴァランタンは微笑みながら、内壁を擦り立てた。

「つあ、あ……、あ……っ……」

じゅくん、と音を立てて先端の嵩張った部分が奥の部分に触れる。最奥の、少し手前の指では届かないところ。そこを肉芯でぐりぐりと刺激され、リュシエンヌは仰け反って声をあげる。

「やぁ、あ……あ、ああ……、っ、……！」

「ここが、感じるのだな」

知っているくせに、まるで今初めて発見したかのような口調でそう言って。ヴァランタンはその部分を集中的に擦ってくる。びりびりとした痺れがつま先にまで駆け抜けた。リュシエンヌは全身を引き攣らせ、声を嗄らして反応する。

「い、……ぁ、あ……っ、っ、……」

「ひくひくしているな……、達く、か……？」

さらにそこを突きあげながら、ヴァランタンが愉しげな声でそう尋ねてきた。リュシエンヌは喘ぎ声で返答するしかなく、さらにそこを擦られてしゃがれた声があがった。

「達く……、や、ぁ……ん、っ、……っ、くの……、っ……」

声を震わせながらそう言ったリュシエンヌは、大きく身震いをした。全身が痙攣する。わななきが走る。リュシエンヌは声もなく身震いし、しかしそんな彼女をヴァランタンは容赦しなかった。

「……っ、あ、あ……、っ、……、……」

「まだだ、リュシエンヌ」

ずん、と震えの止まらない体に、さらに深く熱杭が突き込まれる。ふたりの下肢の茂みが触れ合い、その感覚にすべてを受け入れたのだと感じた。

「はぁ、……あ、あ……、っ、……」

リュシエンヌの名をもう一度呼んで、ヴァランタンは妹の体を突きあげる。嬌声がこぼれ、体が引き攣れる。内壁もきゅうと収縮し、呑み込んだ兄を締めつけた。低く、彼が呻く。その声がさらにリュシエンヌを追い立て、蜜襞はさらに強く受け入れるものに絡みついた。

「あう、あ……、あ、あ……、っ……」

するとその大きさと硬さが内壁を押しあげて、重くて苦しい刺激となる。腹の奥の灼熱《しゃくねつ》を感じながら身悶えるリュシエンヌは、腰を抱かれてはっとした。

「まだだ、と言っただろう……」

「ひぁ、あ……っ、っ、……！」

さらに奥。これ以上深い部分を抉られることなどないと思ったのに、呑み込んだ怒張は力を増して大きくなり、リュシエンヌに甘苦しい悲鳴をあげさせた。

「だぁ、……め、……、っ、……」

まだ、体は痙攣している。それなのに、再びの絶頂を味わわされるようなことになってはリュシエンヌは唇をわななかせたけれど、拒絶の言葉はこぼれなかった。

「ひぁ、あ……、っ、……！」

その代わりにあがったのは、誘うような艶めいた声だ。もっと深く、もっと激しくとねだっているかのような甘えた声が次々と洩れ出て、自分の声に押されるように情感はますます深くなる。

「リュシエンヌ……、っ、……」

蜜口をかきまわす彼が、呻くような声をあげた。と体内の熱が大きくなる。リュシエンヌは声をあげて逃げようとしたけれど、腰を摑まれてそれは叶わない。ぐいと引き寄せられて深くを抉られ、裏返った悲鳴が洩れた。

「やぁ、……あ、つ、……い……、っ……」

どくりと、男が体の奥で力を得て、そして熱いものが体の中に飛び散る。同時にずんと深くを突かれてその衝撃にもリュシエンヌは喘ぎ、びくびくと四肢を痙攣させた。

「ひぁ……ああ、あ……、ああ、ああ、あ……！」

「は、……、っ、……、……」

まだ絶頂の震えに囚われている体は、あげた片脚を下ろされる。横向きになっていた体勢を仰向けにされ、そうやって触れられることにも反応してしまう身から、じゅくりと熱杭が引き出された。

「あ……、や、ぁ……、っ、……」

「急《せ》くな」

失った熱を惜しんで声をあげると、再び脚を開かされる。大きく開いた両脚の間に指が挿り込み、放ったものをかき出すような動きをされた。

ふたりの淫液でぐちゃぐちゃになったそこに挿った指は、中で鉤状《かぎじょう》になって内壁を抉る。その指を締めつけて、リュシエンヌは喘いだ。

「ああ、お兄さま……、おにい、さま……、っ……」

「まだほしいのか？」

引っかかれると、蜜襞はなおも欲液をこぼす。リュシエンヌは髪を揺らしながら何度もうなずき、髪が頬を叩くのも刺激になった。

「もっと……、もっと、お兄さまのものを……」

声をあげてねだると、指とともにまた灼熱が押し当てられる。ひゅっと息を呑むのと同時に先端が入り口を破り、再びそこは男の熱で埋められる。

「あ……、っ、……ゆ、び……、っ……」

しかも指が挿っていることで質量は増している。太いものに拡げられ指で小刻みに嬲をいじられることに、敏感な肌は耐えがたく反応する。

「やぁ、……ん、おにい、さ……ま……、っ……」

「中が、ひくひくしているな……」

掠れた声でそう言ったヴァランタンは、もうひとつの手でリュシエンヌの右の手首を掴む。ぐっと引かれ、両脚の間に招かれてリュシエンヌは抵抗を見せた。

「や、ぁ……、っ……」

「おまえも、触れてみろ。自分の気持ちいいところを探すんだ……」

「っあ、あ……、や、っ、……」

人差し指を引かれ、それがぐちゅりと自分の秘部に差し入れられる。内壁のぬるりとした感触、流れ出る蜜、そして触れる男の怒張にリュシエンヌは怯み、しかし逃げることは許されなかった。

「ほら……私の指と絡めて……？　気持ちいいところを擦るんだ……」

「やぁ、あ……っ、……、っ……」

感じるところ、と言われて、しかしすべてが感じると言わざるを得ない。指先は小刻みに震えながら男根を擦り、蜜口を拡げて内壁に触れる。

襞の感覚にたじろいだリュシエンヌは、逃げることを許されず自分の指でさらに奥を突くことになり、嬌声をあげて体を反らせた。

「ふふ……、いい格好だ。自分で自分を慰めているようだな……そそるぞ」

「そ、……んな、や……、っ……」

じゅく、じゅくと擦りあげてくる欲望とともに、彼の指も動く。ねちゃねちゃと蜜をかき出され、それに絡めてリュシエンヌの指をもからめとる。

「あ……ん、だ、め……、っ、……」

指が感じているのか、蜜壺が反応しているのか、わからないままにリュシエンヌは夢中になって手を動かし、迫りあがる快楽を享受した。

「おにい……、おにい、さ……ま……、……」

「ああ」

押し倒された体に、重みを感じた。リュシエンヌの下肢をもてあそびながらヴァランタンは再び深いくちづけを与えてきて、息苦しささえもが体を貫く快楽となる。

「私だ……、おまえを、抱いているのは。こうやっておまえに快楽を与え、感じさせているのは私だ……」

言い聞かせるような言葉は、なにゆえだろう。リュシエンヌは快楽に霞んだ頭で懸命に考えようとした。

「あ、あ……ああ、あ！」

しかし舌の入り込んでくるキス、膣内をかき乱される刺激、全身をぴりぴりと走る感覚にうまく思考はまとまらない。体中をわななかせながらリュシエンヌは快感を甘受し、中でうごめく欲芯、そして二本の指に追いあげられて甲高い声を洩らした。

「だめ……、だ、め……、っ、……、っ」

びりびりと、愉悦が走る——何度も味わった快楽が全身を貫く。敏感になりすぎた体は過剰な快感に激しく震え、下肢は呑み込んだものを強く締めつけた。

「ひぁ……、っ、……、っ、……」

弾けるような、絶頂。頭の中が真っ白になって、なにも考えられなくなる。

「リュシエンヌ……」

はぁ、はぁ、と乱れる呼気の中、熱いくちづけを受け下肢はさらに深くを暴かれて、しかし過剰な快楽にリュシエンヌの体はもう限界だ。

「や、め……、もう、だめ……、っ……」

「いいや、やめない」

中を抉る欲芯が、ずん、とさらに深くを突く。再びの侵略を内側は悦び、もっととねだるようにうごめいた。

「おまえの中は、もっとねだっているのに？」

「いや……ち、がう……、っ、……」

身悶えながら、リュシエンヌは声をあげる。

「もう、だめ……な、の……、っ、……」

「では、この手はどう説明する？」

絡んだ指に、はっとした。リュシエンヌの指は自分でも気づかないままに動いていて、己の蜜襞を擦っている。それに合わせてヴァランタンの指も動いて、怒張に突かれる奥とはまた違う快感を生み出している。

「おまえが、動かしているのではないか……？　ほしがって、もっと奥へと誘っているのではないか……」

「ち、が……、っ、……」

しかしもう、リュシエンヌにも否定はできない。かりっと少し爪を立てるだけで、体中にびりびりと刺激が走る。そのたびに絶頂を迎えたような衝撃が駆け抜け、リュシエンヌはびくびくと体を震わせた。

「も、……、っ、……、も、ぉ……、っ、……」

息も絶え絶えに、リュシエンヌは訴える。

「もう、だ、め……、っ、……ぇ……」

「そうだな」

ヴァランタンの手がすべり、リュシエンヌの内腿を撫であげる。びくん、と反応した脚を大きく拡げさせると、怒張はますます大きくなって中を犯す。

「注いでやろう……おまえに、私の子種を……」

「やぁ、あ……ああ、あ……、っ、……」

敏感な体内で、どくりと男の質量が増した。同時に熱い飛沫が膣奥を犯し、その熱にリュシエンヌは大きく震える。指先にまで熱が流れ込んでくる――ぶるぶるっとリュシエンヌは反応した。

「……、ぁ……ああ、……、っ、……」

灼熱に頭の先までを貫かれ、リュシエンヌの視界は白一色になる。今までのどれにも似ない絶頂の感覚にリュシエンヌは何度も身震いし、痙攣はまるで病を患ったかのように止まらない。

「リュシ、エンヌ……、っ、……」

引き攣る体は呑み込んだ男をも食い締め、ヴァランタンが苦しげな呻きを洩らした。その間も欲液は、どく、どくとリュシエンヌの体の中を犯し、いつまで経っても終わらない放出が、リュシエンヌを狂わせていく。

「あぁ、……に、い……さ、ま……」

リュシエンヌは、自分を侵略する男の体をぎゅっと抱きしめる。その重みが、熱さが、筋肉の張りがなんとも心地よい。

「……シャ……、エ」

混濁したリュシエンヌの意識が紡いだ名は、いったい誰のものだっただろうか。ヴァランタンには聞こえなかったらしい名をリュシエンヌは繰り返し口にし、再び男の精を求めて、秘壺を大きく震わせた。

第六章　ひとり、踊る姫ぎみ

ヴァランタンが春月の館の前に馬を止めると、近づいてきたのはアルノーだった。

「どうだ、リュシエンヌの様子は」

「先ほどまでは、図書室で本を読んでおいでででした」

そうか、と答えるヴァランタンが下りた馬の手綱を、アルノーが取る。ヴァランタンはかつかつと靴を鳴らしながら館の中に入り、図書室に向かう。

「いないではないか」

図書室は、無人だった。しかしテーブルの上には本が開いて置いてあり、そこにリュシエンヌがいたのであろうという痕跡《こんせき》はある。

「どこに……？」

ヴァランタンの胸に、いやな感覚が走る。妹が、この館を出ていってしまったのではないかという懸念だ。もちろん、自分の足でろくに歩いたこともない姫ぎみがどこへ行けるわけもない。しかしリュシエンヌの姿を見失うことは、ヴァランタンにとってなによりの恐怖だった。

「リュシエンヌ……！」

ヴァランタンは、図書室のまわりを歩きまわる。どこにもリュシエンヌの姿はなく、しかしはっと見あげた窓の向こう、ひらりと翻る白いものを見た。

「そんなところに」

窓の外は、根づき育ち始めている薔薇の園だ。その中で、ひらり、ひらりと舞う白いものはドレスの裾で、目を凝らすまでもない、リュシエンヌが独りで踊っているのだ。

「なにをしているんだ……」

呆れ、ヴァランタンは庭へ続く戸を開けて外に出る。リュシエンヌはヴァランタンが現れたことにも気づかないようで、楽しげな、嬉しげな顔をして踊り続けている。

彼女の手は、誰かを抱いていた。ワルツのステップで、彼女は誰かにリードされている。ヴァランタンには見えない誰か——ヴァランタンは、はっとしてリュシエンヌのもとに大きな歩幅で歩み寄った。

「リュシエンヌ」

その、見えない誰かに取られて空《くう》にあがった手をヴァランタンは取った。細い手首をぎゅっと握ると、リュシエンヌは今になってやっとヴァランタンの存在に気づいたらしく、その水色の瞳を大きく開けてヴァランタンを見た。

「おにいさま」

「なにをしていたんだ」

「踊っていたのよ」

「誰と」

リュシエンヌは、ひとつまばたきをした。その口が動くのを、ヴァランタンは見た。しかしそれはヴァランタンの望んでいる名ではなかった。

「……どこにも、いないではないか」

「いるわ。ほら、ここに」

ヴァランタンの前、リュシエンヌは手をかざして彼女が手を取っている誰かを紹介するような仕草を取った。しかしヴァランタンにはなにも見えない。その誰かににっこりと微笑みかけるリュシエンヌは満足げで目をみはるほどうつくしく、しかしやはりその笑顔の向いている方向には誰もいないのだ。

「おにいさまが、薔薇を植えてくださったのよ。ほら、もうこんなに育って。あなたにも、一輪あげるわ」

リュシエンヌは、白い薔薇の枝に近づいた。一輪を折って、その見えない誰かに手渡す。誰もいないのだ、当然薔薇は地面に落ちた。ぱさり、と乾いた音が、奇妙に耳の奥に響く。

「ありがとう、あなたも喜んでくれるのね」

リュシエンヌは微笑む。そして薔薇を取り落としたその手で、ヴァランタンの右手を取った。

「おにいさま、おにいさまもご一緒に踊りましょう?」

「リュシエンヌ……」

「ねぇ、三人で踊ったほうが楽しいわ。大勢で踊ったほうが、楽しめるに決まっているもの!」

リュシエンヌに手を取られて、ダンスに慣れたヴァランタンの体は勝手に動きだす。リュシエンヌとともにワルツのステップを踏む。

「ふふ、おにいさま、お上手」

間近に迫ったリュシエンヌの瞳を覗き込む。その水色の瞳は淡く濁っている——焦点が合っていない。ヴァランタンを見ているようで見ていなくて、彼女の目に映っているものはヴァランタンの目には見えないものばかりであるかのようだ。

「おさすがね、宮廷中の女のかたがたがこぞっておにいさまのお相手をしたがったのも、わかるわ」

リュシエンヌの口調は、平常どおりだ。どこもおかしいところはない。ただ、その目だけがヴァランタンには見えないものを見、彼女は彼女の世界の中に住んでいるかのようだ。

「そんなおにいさまを、独占できて嬉しいわ。今のおにいさまは、わたしだけのものね」

くるり、とステップを踏みながらリュシエンヌは言った。

「おにいさまだけが、わたしをこんなに上手に踊らせてくださる……おにいさまだけが、わたしの愛するかた」

「シャイエは？」

ヴァランタンがそう言うと、リュシエンヌはきょとんとした顔をした。すぐにその顔は笑顔になり、淡い色の唇で微笑む。

「ふふ、おにいさまったら。わけのわからないことをおっしゃって」

「リュシエンヌ……」

ぞくり、とヴァランタンの背に冷たいものが走った。リュシエンヌと手を取って踊りながらも、あの男がいるのをヴァランタンは感じていた。リュシエンヌの胸の中には彼が住まっているはずなのに、リュシエンヌは彼のことを忘れてしまったかのようなのだ。

「ほら、もっと……もっと、早くステップを踏んで？」

ヴァランタンの背に走る怖気《おぞけ》は止まらなかった。声には出さず、しかしヴァランタンは快《かい》哉《さい》を叫びたい思いだった。

（勝った……）

背筋を駆ける寒気すら、ヴァランタンの勝利宣言だった。目に見えない誰か——あの男はもうこの世にはいない。いくらリュシエンヌが慕っても彼女の手を取ることはできず、リュシエンヌが名を呼んでも返事をすることはできないのだ。

（あの男が、私の邪魔をしてから……リュシエンヌの心を奪ってから。どれほど、この日を

待ち望んだか)

リュシエンヌがいくらあの男のことを忘れていなくても、あの男の実体はないのだ。リュシエンヌに触れることも、抱くこともできない。

一方のヴァランタンは彼女を抱く腕も体もあり、そしてリュシエンヌはヴァランタンのことを認識している。ヘリアの実の媚薬効果に犯され壊れたのちでもヴァランタンを褒め、ともに踊ろうと誘ってくるほどに、ヴァランタンのことを慕っているのだ。

「おにいさま……!」

ヴァランタンは、乱暴にリュシエンヌの腕を引き寄せた。彼女が手を取っているらしいもうひとりのことは完全に無視して、リュシエンヌを抱き寄せる。その後頭部に手をまわして乱暴に引き寄せ、いきなり唇を奪った。

「ん、……、っ、……、っ、……」

彼女に呼吸を許さない、力強いくちづけだ。リュシエンヌの唇の柔らかさを存分に堪能しながら、ヴァランタンは独りほくそ笑む。

(リュシエンヌがいくらあの男のことを慕っても、実際に触れることのできない相手になど、私が負けるわけがない)

「あ、……、っ、にい、さ……ま……」

ヴァランタンの腕の中で、リュシエンヌが喘ぐ。

「シャイエが……見てるわ……」

ここにはいない男の名を、リュシエンヌは呼んだ。先ほどは、あれほどにきょとんとした顔をしたのに。やはりシャイエのことは、リュシエンヌの心から去っていないと見える。

「見せておけばいい」

彼女に呼吸の暇も与えないほどに、その唇を、舌を堪能しながらヴァランタンは言う。

「見たからといって……やつになにができる？　こうやって、おまえの唇を愛撫してやれるのか？　こうやって、おまえの体を……」

言いざま、ヴァランタンはリュシエンヌの腰に手をすべらせる。ドレス越しに臀に触れると、リュシエンヌはびくんと体を震わせた。

「愛してやれるのか？　ほら……この、奥。もう濡れてきているのだろうに……」

「やぁ……、おにいさま。言わ、ないで……っ……」

ぶるり、とリュシエンヌは身を震った。その声はヴァランタンが指摘するまでもなく潤っていて、彼女がはっ、と熱い息を吐くのがわかる。

「おまえを抱いて、悦ばせてやれるのは私だけだ」

ヴァランタンはリュシエンヌの体を大木の幹に押しつけ、ますますくちづけを深くする。

「もちろん、だわ……」

塞がれた呼気を苦しがってリュシエンヌは喘ぎ、喘ぎながらそう言った。

「ほかに、誰がいるとおっしゃるの？　わたしは、おにいさまのものだわ……」

「シャイエは？」

また、ヴァランタンは尋ねた。それは誰、とリュシエンヌは言った。その答えに満足しながら、ヴァランタンは妹の唇を堪能した。

「おまえは……私だけのものだ」

呻くようにそうつぶやき、ヴァランタンはリュシエンヌの体を撫であげる。彼女は小刻みに震え、兄に縋りついてくる。そんな彼女の胸に手を置き、ドレスの上からもわかる豊かな乳房を揉みしだいた。

「あ……ぁ、……ん、……、っ……」

リュシエンヌの声が、艶を帯びてくる。無意識にかそうではないのか、ヴァランタンに縋りついてくる彼女はドレス越しの下半身をヴァランタンの膝に押しつけてきて、たまらない、もっと、という欲求を隠しもせずにも擦り寄ってくる。

「おに……、さ、ま……っ……」

彼女の乳房を、ゆっくりと力強く揉みながら、ヴァランタンは応える。両脚の間を膝で突きあげてやりながらなおも唇を吸って、彼女の唾液を啜りあげた。

「や、ぁ……、っ、ん……」

ひくり、とリュシエンヌは咽喉を震わせる。そのわななく体を、焦点の合わない視線を、濡れた唇を掠れた声を、抱きしめながらヴァランタンは呻く。

「リュシエンヌ……私の、私だけのものだ」

その声は、どのようにリュシエンヌに届いただろうか。彼女の耳はすでに嬌声と喘ぎしかとらえずに、抱きしめる力を愛撫としてしかとらえずに、彼女にとってのすべてはヴァランタンに抱かれるためだけにあるのだ。

「……にい、っ、さ……、っ……」

花綻《ほころ》ぶ薔薇の香りが流れてくる。それに包まれたふたりは、見つめる者の視線をも性感を高める刺激と抱き合い、やがてふたりの姿はひとつになって、深い深い部分で繋がっていく。リュシエンヌの声が、男の名を呼ぶ。溶け崩れた口調でさらなる愛撫を求めて、震える。そのすべてを我がものとしながら、ヴァランタンは妹の体をかき抱いた。

「リュシエンヌ……」

妹の名を呼びながら、ヴァランタンは大きく目を見開く。薔薇の陰からこちらを見つめる双《ふた》つの瞳が視界に入ったのだ。どきり、と胸が大きく鳴る。

(何者……！)

腰に佩いた剣に、片手を伸ばそうとした。しかし瞳はすぐに消えてしまい、ヴァランタンは何度もまばたきをする。瞳は、まるでふたりを見あげるように低い場所にあった。地面に這ってでもいなければあのような位置から見あげることなどできない。おまけにいくら神経を研ぎ澄ませても、人の気配はまったく感じられないのだ。

（シャイエ……？）

ぞくり、とした感覚が迫りあがってくる。思わず身震いしそうになるのを、堪えた。平静を装う。しかしリュシエンヌはなにかを感じとったようだ。

「おにいさま？」

リュシエンヌが、不思議そうにヴァランタンを見あげてくる。ヴァランタンは首を横に振り、なんでもないと妹に告げる。そして彼女の体を抱きしめて、深く深くくちづけた。

「あ、……に、い……さま……」

薔薇の芳香、そしてふたりの身に沁みついているワインの残香の中、春月の舘の庭先での情交は、見る者が目を覆うばかりの淫らなものと化して、その繋がりを深めていった。

エピローグ　薔薇園の中の兄妹

かの国の王女は、大変に歌が巧みだったという。

その声には小鳥もくちばしを閉ざして聞き入ったという。

海辺のある館からは、その声が聞こえる。その館は色とりどりの薔薇に囲まれていて、今がまさに旬。建てものを覆わんばかりに薔薇は生い茂り、どこか甘いワインにも似た芳香を漂わせている。

「あ、あ……、っ、……」

姫ぎみの歌声。それは、三階のある部屋から響いていて、聞く者を酔わせる——否、それは歌声なのだろうか。立ち止まって聞く者があれば声に含まれた異様さに気づくかもしれない。妙なる声に混ざった、狂気の色を。

「や、ぁ……、っ、……」

女の声が、部屋に響く。妖艶さを孕ませた声をあげる彼女は夜着を腕に絡ませるようにまとっていて、前はリボンがほどかれて体が露わになり、白雪のような肌を晒している。

「つあ……、ああ、あ……、っ、……」

胸のふたつの膨らみは、片方は大きな骨張った手に摑まれている。指の間からは尖った乳首が顔を覗かせていて、指の腹で擦られるのを悦んで薔薇色に染まっている。

もうひとつの乳房は形が変わるほどに揉みあげられ、しかしその哀れな姿が手の主である男をますます追い立てるらしく彼は、はっと息をついた。

「どこをどうすれば、おまえがもっと心地よくなるか……教えろ」

女にくちづけながら、男は言った。

「ここか？　それとも……ここをいじれば、おまえはますますそのうつくしい声を聴かせるのか？」

「ひぁ……っ、ぁ……、っ、……」

男は、女の唇を吸いあげる。ちゅくっ、と音がしてふたりの唇はますます深く重なり合い、まるでふたりは、ふたつでありながらひとつであるもののように溶け合って、ベッドの上で淫らな音を絡ませている。

水音がするのは、ふたりの唇ばかりではない。汗に濡れた肌が貼りつくように重なっている。女の脚は大きく開かれ、その間には男の下肢が挟み込まれていて、そこからはぐちゃぐちゃと艶めいた音があがっていた。

「もっと、声を聴かせろ……リュシエンヌ」

男は、乱れた声でそう言った。

「もっともっと、悦《い》い声で啼くんだ。私に、おまえの妙なる声を聴かせろ……」

「い、ぁ、あ……っ、……、っ、……！」

ずん、と男は下肢を突きあげる。女の内壁がきゅっと反応し、男を締めつける。男は微かに呻く声をあげ、さらに深く自身を突き込んだ。

「は、ぁ……、っ、……、っ……」

「リュシエンヌ……」

男は、女の名をさも愛おしげに呼ぶ。呼ばれるたびに女は快楽に蕩けた顔で微笑み、さらに男のくちづけをねだるようにその背に腕をまわす。

「おにいさま……」

女は、掠れた声でそう言った。掠れてはいても声はうつくしく、真昼の光に満たされた部屋を染めあげていく。

「もっと……もっと、して。深く……わたしを犯して……」

男はにやりと笑った。薄い唇が弧を描く。彼は女の乳房から手を離すと、手をすべらせてその細い体の、腰を抱きあげる。女が堪えがたいと言った声をあげた。接合部分の角度が変わり、ぐちゅりと粘ついた音が立つ。

「ああ、あ……あ、あ！」

「こうしてほしいと言ったのは、おまえではないか」

男は顔を伏せ、女の胸の尖りを舐めた。すると女の声はますます艶を帯び、部屋に響く。

「こうやって、おまえの肌を舐めて……おまえは本当に、甘い味がするな」

ちゅく、ちゅく、と女の乳首を交互に舐めあげる男は、満足そうな吐息とともにそうつぶやいた。

「まるで、あのワインのようだ。おまえの血はやはりあのワインになって、その味が肌から沁み出しているのか……」

「や、ぁ……、っ、おにい……さ、ま……」

「なんだ?」

男の腰の動きは止まっている。ときおり微かな水音を立ててうごめかせるだけで、女はその先を求めるように腰を揺らめかせ、あ、あ、と途切れ途切れの声を洩らす。

「動かし、て……中、を……もっと、抉って……!」

「ああ」

女の求めるものにやっと気がついたとでも言わんばかりに、男は下肢を揺らめかせる。女は息を呑み、しかし男は焦らすように緩やかに動かすだけで、女は耐えがたいと嬌声をあげる。

「中、か……? もっと深くまで、ほしいと言うか?」

「そ、う……!」

はっ、と熱っぽい息を吐きながら女は叫ぶ。

「膣内《なか》、を……深いところを、おにいさまのもので……」

「ふふっ」

男は満足げに笑い、ぐんっと腰を突きあげる。女の内壁は捩れて絡みつき、その刺激に女は啼いた。

「素直なおまえは、本当にかわいらしい……」

ずくっ、ずくっ、と男の下肢が女を攻める。そのたびに甲高い声があがり、部屋を満たした。

「そのような、淫らな言葉を口にできるようになったのだな……おまえのうつくしい声でそのような言葉を言うのを聞くと、ぞくぞくする」

「ひぁ……、っ、……、っ、……」

男の指は女の腰に絡み、白い肌に赤い痕をつける。それほど強い力で男は出し挿れを繰り返し、ぐちゅ、ぐちゅと粘着質の音が女の声に絡む。

「や、ぁ……っ、……、っ、……」

「これでも、まだ足りないか？」

男は、薄い唇をにやりと持ちあげた。その表情に気づいたのか否か。腰を引きあげられ、高い位置から突き下ろされて女は繰り返し啼いた。

「ほら……この体勢が、おまえは好きだろう？」

「つぁ、あ……ん、っ、……！」

女は高く腰をあげ、男は膝立ちになって上から突き込む。深くまで挿り込んでくる欲芯に、内壁がうねり蜜を生み出す。その自らの動きに女は身を捩り、しかし男の手がしっかりと腰を押さえていて身動きできない。そのことが、女をますます興奮させる。

「おまえの中を、かきまわしてやる……」

粘着質の音を立てながら、男は女の体内を擦りあげ、突き下ろしてはまた擦る。

「奥の、奥まで……おまえは、抉られるのが好きなのだろう？」

「ああ……、好、き……、っ、……」

女のつま先が、空中で大きく引き攣る。ぐっと足に力がこもり、女はぴくぴくと体を震わせた。その咽喉からは、高く響く嬌声が洩れこぼれる。

「達ったか……？」

女の腰を押さえたまま、男はつぶやく。女は声にならない声をあげながら、なおも全身を震わせている。

「や、ぁ……、っ、……、っ……」

「ほら……おまえの蜜が、私に絡みついてきている。あとからあとから溢れ出して……たまらないよ、リュシエンヌ」

「そ、んなこと……言わ、ないで……っ……」

　高くあげられた腰は、ベッドに落ちる。同時に突き入れられていた男自身がずるりと抜け、白い液体が飛び散った。

「や……、おにい、さま……！」

　それを惜しがって、女は叫ぶ。もっと深く抉ってほしいとねだるように伸ばした手は、空でさまよった。男が自らの欲望を片手で擦ると白濁が弾ける。それは女の白い肌に飛んで、点々と淫らな痕を作った。

「あ、つ……、っ、……」

「麗しい眺めだ、リュシエンヌ」

　男は満足げにそう言うと、指を伸ばして白濁を塗り込む。すると白い肌は淫猥に濡れ、ますます男の精に穢される。

「おまえがそんな姿でいるのを見ると、本当に滾る……淫らで、本当にうつくしいよ」

「ああ、……」

　女は、深い息を吐いた。男はなおも己の精液を女の肌に広げながら、女の濡れた腿に手をやる。ぐいと拡げさせると女は、はっと目を見開きまた息を吐く。

「……ああ、シャイエ……」

　女の肌を愛《め》でる男の手が、ぴたりと止まる。女は続けて同じ名を繰り返し、そしてまたその濡れた唇を開く。

「おにいさま……」

男は、目をすがめた。手を伸ばして女の脚を開かせると、したたりをこぼす蜜園を目に、いまだ力強くそそり勃つ自身を蜜口に当て、じゅくりと淫猥な音を立てた。

「や、ぁ……、っ、……」

「まだ、足りないのだろう？」

女が、あの男の名を呼んだことなど忘れたかのように、男はにやりと口の端を持ちあげる。

「もっと満たしてやる……もっと深く、おまえの奥の奥まで」

その言葉を悦んでか、恐れてか、女が声をあげる。男は絡みついてくる淫肉を振り払うようにいきなり力強く中を突き立て、女の流す蜜液と己の精で濡れそぼった秘所をかき乱した。

「やぁ、あ……あ、……ああ、あ、あ、っ！」

再び挿ってきたものをきつく締めつけながら、女は声をあげる。先ほどまでの激しさとは裏腹に、ゆっくりと男は蜜園を荒らした。もどかしいというように女が腰を捩ると、男ははっと息を吐く。

「そう、急くな。おまえの欲しいものは与えてやるから」

「つあ、……ん、……にい、さま……」

もどかしそうに、女は下肢を揺すった。すると男を締めあげる秘部の反応が強くなって、男の洩らす呼気の勢いが激しくなる。

男は女の名を呼び、体を伏せる。女の乳房を掴むとその先端を舐めあげ、新たな女の声を引き出した。

「いぁ、あ……ああ、あ、ん、っ！」

「ここも、こんなに尖らせて」

舐め、くわえてきゅっと吸いあげて。するとふたりの繋がった部分が収縮し、互いに同時に、声をあげる。

「ん、……、っ、……」

「やぁぁ、あ……っぁ、あ……！」

与えられる快楽の激しさゆえにか、女は身を反らせて男を食い締める。男は微かに呻きながら、なおも女の乳首を吸いあげた。

「感じていると、言え。私にこうされて、心地よいと……」

女は、気持いいと叫んだ。欲望に歪んだ声は男をますます煽り立て、男の手はもうひとつの乳房を掴む。指の間に乳首を挟み、くりくりとそこを刺激する。

「つあぁ、あ……ああん、っ、……っ、！」

身をひねり、女は声をあげる。そんな女の体を押さえ込むように下半身の繋がりを深め、男は深い息をつく。

「おまえは、ただ私を信じていればいい」

「いぁ、あ……っあ、あ……っ、……」

女には、男の声は届いていないだろう。それを知ってか知らずか、男は低い声でささやき続ける。

「戦争がたった数日で終わってしまったことも、父上も母上もきょうだいたちも亡くなったことも……私たちも、ここに潜《ひそ》んでいることが知られればたちまち首が飛ぶだろうことも」

女は、耐えがたいまでの喘ぎを洩らし続ける。ずく、ずくと突きあげる衝動はますますの性感をもたらすらしく、女の半開きになった唇からは白濁した蜜が流れ落ちる。

「生き残った私が、まず最初に思ったこと……それはおまえを手に入れること。そういう意味では、あの男に感謝したがな……」

「おにい、さま……？」

不思議そうに問うてくる女に、男は微笑みかける。ちゅくっと乳首の先端を吸われ、女は甲高い声をあげた。そんな女の声を追いかけるように男はなおも尖りを吸い、ふたりの繋がった部分があげる粘ついた音に艶めいた音が混ざる。部屋に響く。ふたりの耳をわななかせる。

「おまえを手に入れること……それ以外は、なにもいらない。おまえ以外にほしいものなど、ない」

「ああ、あ……、っ、あ、あ……ああ、あ！」

男は腰を突きあげ、女の内壁をかき乱す。女の媚肉からは蜜が沁み出し、ふたりの繋がりをますます深くした。男は唇をすべらせて、女の耳をちゅくりと味わい、そのまま蜜の垂れている唇を奪って、強く吸う。

「ん……く、っ、……ん、っ……」

あたりには、甘いワインのような薔薇の香りが漂っている。その香りはまるで媚薬のようにふたりを包んで、より濃厚な享楽《きょうらく》の縁へと連れていく。

「あ、あ……おにい、さ……、ぁ……」

「リュシエンヌ……」

ふたりの声は絡み、結び合ってひとつになって、広がる媚薬の香り同様、舘の中で濃く広がっていった。

あとがき

こんにちは、お手に取っていただきありがとうございます。月森です。

今回は、母親の違う兄妹の近親愛欲物語です。母親が違う、結婚できる間柄だという関係ではあっても、やはり「お兄さま」は「お兄さま」。かわいい女の子がお兄さまに翻弄されて「お兄さま……」となるのにものすごく萌えるんです。なぜでしょうか、因果でしょうか。蛇足ながら私には兄はいません。だからこそ、そういう存在によけいに萌えるのかも。まぁ、実際にいても、ヴァランタンみたいに素敵な、妹溺愛のお兄さまかどうかもわからないので、夢の世界にとどめておくことにします。

うさ銀太郎先生の画を見ていただけばおわかりのとおり、ヴァランタンお兄さまはとっても素敵でかっこよくてきらきらしてて……ですが、まっとうなお兄さまではありません。妹溺愛が過ぎてちょっとイっちゃった人です。そんなお兄さまに身も心も囚われてしまった妹が、どうなるのか。ぜひ本文でお確かめください。

ここまで書いて、これ以上のネタがないので苦しんでいます。だって、毎日毎日家に籠もってお仕事三昧、買いものは家族がしてくれるので「最後に靴履いたのいつだったっけ？」状態で。あまりの運動不足に、女性はラジオ体操を三回やったら一日に必要な運動量をこなせると聞いてやってるんですが、なにしろ引っ越してまだ段ボールが積みあげられたままなのであちこち手がぶつかる。この段ボールも曲者で、私の大嫌いな（好きな人はいないと思うのですが）某虫は段ボールを餌に寄ってくると聞いて脅えています。でも、片づける時間がないんだ……！　私はひとつのことをやり始めると寝食忘れて没頭してしまうので、お仕事の詰まっている今、片づけなど始めたら大変なことになります。そんなわけで段ボールを避けて蟹《かに》歩きで家の中を移動する私たち。この家が、人の住むところらしくなるのはいつの日なんだ……。

今回の挿絵は、前述の通りうさ銀太郎先生にお願いいたしました。うさ先生の画が大好きで、担当さんにお願いしてOKをいただいたときは狂喜乱舞しました。期待どおり、ヴァランタンは妖しい魅力たっぷりだし、リュシエンヌはきらきらお姫さまで、画をいただいてからはずっとデスクトップに貼りつけて見つめながら作業していました。

いつもお世話になっております、二見書房の編集部の皆さま、担当さん。なによりも、読んでくださったあなたに精いっぱいの感謝を捧げます。どうもありがとうございます、今後ともどうぞよろしくお願いいたします。

ご縁あって乙女系以外も書かせていただいておりますので、そちらもチェックしてくださると嬉しいです！

月森あいら

月森あいら先生、うさ銀太郎先生へのお便り、
本作品に関するご意見、ご感想などは
〒101-8405
東京都千代田区三崎町2-18-11
二見書房　ハニー文庫
「狂皇子の愛玩花嫁～兄妹の薔薇館～」係まで。

本作品は書き下ろしです

Honey Novel

狂《きょう》皇《おう》子《じ》の愛《あい》玩《がん》花《はな》嫁《よめ》
～兄妹《きょうだい》の薔《ば》薇《ら》館《やしき》～

【著者】月森《つきもり》あいら

【発行所】株式会社二見書房
東京都千代田区三崎町2-18-11
電話　03(3515)2311［営業］
　　　03(3515)2314［編集］
振替　00170-4-2639
【印刷】株式会社堀内印刷所
【製本】ナショナル製本協同組合

落丁・乱丁本はお取り替えいたします。
定価は、カバーに表示してあります。

ISBN978-4-576-15101-4

http://honey.futami.co.jp/

甘くとろける蜜の恋☆濃蜜乙女レーベル
Honey Novel

月森あいらの本

攫われたヌーヴェル・マリエ

イラスト=成瀬山吹

隣国の王デュランへ輿入れしたレティシアだが、何者かに攫われてしまう。
犯人は妹を溺愛するクロードか？　愛されすぎる妃の運命は…

甘くとろける蜜の恋☆濃蜜乙女レーベル

Honey Novel

舞 姫美の本

甘美な契約結婚

イラスト=KRN

財政難に陥った自国を救うため、隣国の王・ダリウスと秘密の契約を結んで嫁いだセシリアだが、なぜか彼に異様なほど愛されていて…。